校注

曹雪芹
高鶚

卷3

第三一回至第四五回

紅樓夢

編者序

人人出版公司推出《人人文庫》系列，第一套就是中國古典長篇章回小說《紅樓夢》。書內提及的書名，還有《情僧錄》、《風月寶鑑》、《金陵十二釵》，乾隆四十九年甲辰（一七八四年）夢覺主人序本題為《紅樓夢》（甲辰夢序抄本）。一七九一年在第一次活字印刷後（程甲本），《紅樓夢》便取代《石頭記》而成為通行的書名。本書前八十回以庚辰本為底本，後四十回以程甲本為底本。

《紅樓夢》原本共一百二十回，但後四十回失傳。紅學家周汝昌先生則認為《紅樓夢》原著共一〇八回，現存八十回，後二十八回迷失。現今學界普遍認為通行本前八十回為曹雪芹所作，後四十回不知為何人所作。但民間普遍認為為高鶚所作，另有一說為高鶚、程偉元二人合作著續。

關於作者曹雪芹，從其生卒年、字號到祖籍為何，已爭論數十年。曹雪芹姓曹名霑，字夢阮，號芹溪居士。但有的研究者認為他的字是「芹圃」，號雪芹。關於他的生卒年，一般認為約在一七一五年（康熙五十四年乙未）到一七六三年（乾隆二十八年癸未除夕）之間。

關於曹雪芹的籍貫，也有兩種說法，主要以祖籍遼陽，後遷瀋陽，上祖曹振彥原是明代駐守遼東的下級軍官，後隨清兵入關，歸入多爾袞屬下的滿洲正白旗，當了佐領。此後，曹振彥之媳，即曹璽之妻孫氏當了康熙的保母。曹璽曾任江寧織造，病故後由其子曹寅任蘇州織造、江寧織造、兩淮巡鹽御使等職，康熙並命纂刻《全唐詩》、《佩文韻府》等書於揚州。曹寅病故後，康熙特命其胞弟曹荃之子曹頫過繼給曹寅，並繼任織造之職，直至雍正五年，曹頫被抄家敗落，曹家在江南祖孫三代共歷六十餘年。

曹雪芹出生於南京，六歲時曹家抄沒後才全家遷回北京。據紅學家的考證，他後來落魄住到西郊，晚年窮困，《紅樓夢》前八十回在他去世前已傳抄行世，書的後半部分應已完成，不知何故未能問世，始終是個謎。

《紅樓夢》描寫宮廷與官場的黑暗，貴族與世家的腐朽，也讓讀者看見當時的科舉制度、婚姻制度。《紅樓夢》人物形象獨特鮮明，故事情節結構也有別於以往小說單線發展的傳統，創造出一個宏大完整的篇幅。《紅樓夢》的語言藝術成就，更攀向我國古典小說的高峰。

書中有關典章制度名物典故及難解之語詞，我們將盡力作成注釋。段落排法也有別於一般，期使讀者能輕鬆閱讀，輕鬆品味。

紅樓夢

第三一回至第四五回

卷 3

第31回

晴雯笑道：
「既這麼說，你就拿了扇子來我撕。
我最喜歡撕的。」
寶玉聽了，便笑著遞與她。
晴雯果然接了過來，嗤的一聲，撕了兩半……

第32回

寶玉說：「林妹妹不說這樣的混帳話，
若說這話，我也和她生分了。」
黛玉聽了，不覺又喜又驚，又悲又嘆，
一面拭淚，一面抽身回去了……

第33回

那賈政喘吁吁直挺挺坐在椅子上，
滿面淚痕，一疊聲
「拿寶玉！拿大棍！
拿索子捆上！把各門都關上！
有人傳信往裡頭去，立刻打死！」……

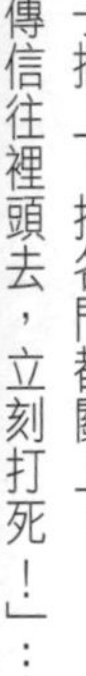

◎第三一回◎

撕扇子作千金一笑
因麒麟伏白首雙星[1]

⋯話說襲人見了自己吐的鮮血在地，也就冷了半截。想著往日常聽人說：「少年吐血，年月不保，縱然命長，終是廢人了。」想起此言，不覺將素日想著後來爭榮誇耀之心盡皆灰了，眼中不覺滴下淚來。

寶玉見她哭了，也不覺心酸起來，因問道：「妳心裡覺得怎麼樣？」

襲人勉強笑道：「好好的，覺怎麼呢。」

⋯寶玉的意思即刻便要叫人燙黃酒，要山羊血黎洞丸[2]來。襲人拉了他的手，笑道：「你這一鬧不打緊，鬧起多少人來，倒抱怨我輕狂。分明人不知道，倒鬧得人知道了，你也不好，我也不好。正經明兒你打發小子問問王太醫去，弄點子藥吃吃就好了。人不知鬼不覺的可不好？」

寶玉聽了有理，也只得罷了，向案上斟了茶來，給襲人漱了口。襲人知道寶玉心內是不安穩的，待要不叫他服侍，他又必不依；二則定要驚動別人，不如由他去罷，因此只在榻上由寶玉去服侍。一交五更，寶玉也顧不得梳洗，忙穿衣出來，將王濟仁叫來，親自確問。王濟仁問其原故，不過是傷損，便說了個丸藥名字，怎麼服，怎麼敷。寶玉記了，回園依方調治。不在話下。

※……※……※

……這日正是端陽佳節，蒲艾簪門，虎符繫臂[3]。午間，王夫人治了酒席，請薛家母女等賞午。

1.因麒麟伏白首雙星——因，憑借。伏，隱伏。白首，老年人。雙星，牛郎織女。

2.山羊血黎洞丸——黎洞丸，成藥名，治金瘡出血，跌打損傷，瘀血奔心、頭昏不省等症。因配方用山羊血，故稱。

3.蒲艾簪門，虎符繫臂——舊俗每逢端午，將蒲艾插在門上，把虎符繫在兒童的臂上，認為可以避邪。蒲、艾都是香草。虎符，這裡指用綾羅製成的小老虎。

寶玉見寶釵淡淡的，也不和他說話，便知是昨兒的原故。

王夫人見寶玉沒精打彩，也只當是昨日金釧兒之事，他不好意思的，索性不理他。

林黛玉見寶玉懶懶的，只當是他因為得罪了寶釵的原故，心中不自在，形容也就懶懶的。

鳳姐兒昨日晚間王夫人就告訴了她寶玉、金釧兒的事，知道王夫人不自在，連見了寶玉尚未挽回，自己如何敢說笑，也就隨著王夫人的氣色行事，更覺淡淡的。

賈迎春姊妹見眾人無意思，也都無意思了。因此，大家坐了一坐就散了。

⋯林黛玉天性喜散不喜聚。她想的也有個道理，她說，「人有聚就有散，聚時歡喜，到散時豈不清冷？既清冷則生傷感，所以不如倒是不聚的好。比如那花開時令人愛慕，謝時則增惆悵，所以倒是不開的好。」故此人以為喜之時，她反以為悲。那寶玉的情性只願常聚，生怕一時散了添悲；那花只願常開，生怕一時謝了沒趣；只到筵散花謝，雖有萬種悲傷，也就無可如何了。因此，今日之筵，大家無興散了，林黛玉倒不覺得怎麼，倒是寶玉心中悶悶不樂，回至自己房中，長吁短嘆。偏生晴雯上來換衣服，不防又把扇子失了手跌在地下，將股子跌折。寶玉因嘆道：「蠢才！蠢才！將來怎麼樣？明日妳自己當家立業，難道也是這麼顧前不顧後的？」

晴雯冷笑道：「二爺近來氣大得很，行動就給臉子瞧。前兒連襲人都打了，今兒又尋我的不是。要踢要打憑爺處治就是了。就是跌了扇子，也是平常的事。先時連那麼樣的玻璃缸、瑪瑙碗不知弄壞了多少，也沒見個大氣兒，這會子一把扇子就這麼著了。何苦來！要嫌我們就打發我們，再挑好的使。好離好散的倒不好？」

寶玉聽了這些話，氣得渾身亂戰，因說道：「妳不用忙，將來有散的日子！」

……襲人在那邊早已聽見，忙趕過來向寶玉道：「好好的，又怎麼了？可是我說的一時我不到，就有事故兒！」

晴雯聽了冷笑道：「姐姐既會說，就該早來，也省了爺生氣。自古以來，就是妳一個人服侍爺的，我們原沒服侍過。因為妳服侍得好，昨日才挨窩心腳；我們不會服侍的，到明兒還不知是個什麼罪呢！」

襲人聽了這話，又是惱，又是愧，待要說幾句話，又見寶玉已經氣得黃了臉，少不得自己忍了性子，推晴雯道：「好妹妹，妳出去逛逛，原是我們的不是。」

……晴雯聽她說「我們」兩個字，自然是她和寶玉了，不覺又添了醋意，冷笑幾聲道：「我倒不知道你們是誰，別我替你們害臊了！便是你們鬼鬼祟祟幹的那事兒，也瞞不過我去，哪裡就稱起『我們』來了。明公正道，連個姑娘還沒掙上去呢。也不過和我似的，那裡就稱上『我們』了！」

襲人羞得臉紫脹起來，想一想，原是自己把話說錯了。

寶玉一面道：「妳們氣不忿，我明兒偏抬舉她！」

襲人忙拉了寶玉的手道：「她一個糊塗人，你和她分爭什麼？況且你素日又是有耽待的。比這大的過去了多少，今兒是怎麼了？」

晴雯又冷笑道：「我原是糊塗人，哪裡配和我說話呢！」

襲人聽說，道：「姑娘倒是和我拌嘴呢，是和二爺拌嘴呢？要是心裡惱我，妳只和我說，不犯著當著二爺吵；要是惱二爺，不該這麼吵得萬人知道。我才也不過為了事，進來勸開了，大家保重。姑娘倒尋上我的晦氣。又不像是惱我，又不像是惱二爺，夾槍帶棒，終久是個什麼主意？我就不多說，讓妳說去。」說著便往外走。

……寶玉向晴雯道：「妳也不用生氣，我也猜著妳的心事了。我回太太去，妳也大了，打發妳出去好不好？」

晴雯聽見這話，不覺又傷起心來，含淚說道：「我為什麼出去？要嫌我，變著法兒打發我去，也不能夠。」

寶玉道：「我何曾經過這麼個吵鬧？一定是妳要出去了。不如回太太，打發妳出去吧。」說著，站起來就要走。

……襲人忙回身攔住，笑道：「往哪裡去？」

寶玉道：「回太太去。」

襲人笑道：「好沒意思！真個的去回，你也不怕臊了？便是她認真要去，也等把這氣下去了，等無事中說話兒回了太太也不遲。這會子急急的當作一件正經事去回，豈不叫太太犯疑？」

寶玉道：「太太必不犯疑，我只明說是她鬧著要去的。」

晴雯哭道：「我多早晚鬧著要去了？饒生了氣，還拿話壓派我。只管去回，我一頭碰死了也不出這門兒。」

寶玉道：「這也奇了。妳又不去，妳又鬧些什麼？我禁不起這麼吵，不如去了倒乾淨。」說著一定要去回。

……襲人見攔不住，只得跪下了。碧痕、秋紋、麝月等眾丫鬟見吵鬧，都鴉雀無聞的在外頭聽消息，這會子聽見襲人跪下央求，便一齊進來都跪下了。寶玉忙把襲人扶起來，嘆了一聲，在床上坐下，叫眾人起來，向襲人道：「叫我怎麼樣才好！這個心使碎了，也沒人知道。」說著，不覺滴下淚來。襲人見寶玉流下淚來，自己也就哭了。

晴雯在旁哭著，方欲說話，只見林黛玉進來，便出去了。

林黛玉笑道：「大節下怎麼好好的哭起來？難道是為爭粽子吃，爭惱了不成？」寶玉和襲人嗤的一笑。

黛玉道：「二哥哥不告訴我，我問妳就知道了。」一面說，一面拍著襲人的肩，笑道：「好嫂子，妳告訴我。必定是兩個拌了嘴了。告訴妹妹，替你們和勸和勸。」

襲人推她道：「林姑娘妳鬧什麼？我們一個丫頭，姑娘只是混說。」

黛玉笑道：「妳說妳是丫頭，我只拿妳當嫂子待。」

寶玉道：「妳何苦來替她招罵名兒。饒這麼著，還有人說閒話，還擱得住妳來說她。」

襲人笑道：「林姑娘！妳不知道我的心事，除非一口氣不來死了倒也罷了。」

林黛玉笑道：「妳死了，別人不知怎麼樣，我先就哭死了。」

寶玉笑道：「妳死了，我做和尚去。」

襲人笑道：「你老實些罷，何苦還說這些話。」

林黛玉將兩個指頭一伸，抿嘴笑道：「做了兩個和尚了。我從今以後都記著你做和尚的遭數兒。」寶玉聽了，知道是她點前日的話，自己一笑也就罷了。

⋯一時黛玉去後，就有人來說「薛大爺請」，寶玉只得去了。原來是吃酒，不能推辭，只得盡席而散。

⋯晚間回來，已帶了幾分酒，踉蹌來至自己院內，只見院中早把乘涼枕榻設下，榻上有個人睡著。寶玉只當是襲人，一面在榻沿上坐下，一面推她，問道：「疼得好些了？」

只見那人翻身起來說：「何苦來，又招我！」

寶玉一看，原來不是襲人，卻是晴雯。寶玉將她一拉，拉在身旁坐下，笑道：「妳的性子越發慣嬌了。早起就是跌了扇子，也不過說了兩句，妳就說上那些話。妳說我也罷了，襲人好意來勸，妳又括上她，妳自己想想，該不該？」

晴雯道：「怪熱的，拉拉扯扯作什麼！叫人來看見像什麼！我這身子也不配坐在這裡。」

寶玉笑道：「妳既知道不配，為什麼睡著呢？」晴雯沒得說，嗤的又笑了，說：「你不來，使得；你來了，就不配了。起來，讓我洗澡去。襲人、麝月都洗了澡，我叫了她們來。」

寶玉笑道：「我才又吃了好些酒，還得洗一洗。妳既沒有洗，拿了水來，咱們兩個洗。」

……晴雯搖手笑道：「罷，罷，我不敢惹爺。還記得碧痕打發你洗澡，足有兩三個時辰，也不知道作什麼呢？我們也不好進去的。後來洗完了，進去瞧瞧，地下的水淹著床腿兒，連席子上都汪著水，也不知是怎麼洗的，叫人笑了幾天。我也沒那工夫收拾，也不用同我洗去。

「今兒也涼快，那會子洗了可也不用再洗。我倒舀一盆水來，你洗洗臉通通頭。才剛鴛鴦送了好些果子來，都湃[4]在那水晶缸裡呢，叫她們打發你吃。」寶玉笑道：「既這麼著，妳也不許洗去，只洗洗手來拿果子來吃罷。」

……晴雯笑道：「我慌張得很，連扇子還跌折了，那裡還配打發吃果子！倘或再打破了盤子，更了不得了。」

寶玉笑道：「妳愛打就打，這些東西原不過是借人所用，妳愛這樣，我愛那樣，各自性情不同。比如那扇子原是扇的，妳要撕著玩，也可以使得，只是不可生氣時拿它出氣。就如杯盤，原是盛東西的，妳喜聽那一聲響，就故意的碎了也可以使得，只是別在生氣時拿它出氣。這就是愛物了。」

4. 湃——用冰或涼水鎮果品或飲料等使之變冷。

晴雯聽了笑道：「既這麼說，你就拿扇子來我撕。我最喜歡撕的。」

寶玉聽了，便笑著遞與她。晴雯果然接過來，「嗤」的一聲撕了兩半，接著「嗤嗤」又聽幾聲。

寶玉在旁笑著說：「響的好，再撕響些！」

…正說著，只見麝月走過來笑道：「少作些孽罷！」

寶玉趕上來，一把將她手裡的扇子也奪了遞與晴雯。晴雯接了，也撕作幾半子，二人都大笑。

麝月道：「這是怎麼說，拿我的東西開心兒？」

寶玉笑道：「打開扇子匣子妳揀去，什麼好東西！」

麝月道：「既這麼說，就把匣子搬了出來，讓她盡力的撕，豈不好？」

寶玉笑道：「妳就搬去。」

麝月道：「我可不造這孽。她也沒折了手，叫她自己搬去。」

晴雯笑著，便倚在床上說道：「我也乏了，明兒再撕罷。」寶玉笑道：「古人云，『千金難買一笑』，幾把扇子能值幾何？」一面說著，一面叫襲人。襲人才換了衣服走出來，小丫頭佳蕙過來拾去破扇，大家乘涼，不消細說。

※　※　※

……至次日午間，王夫人、薛寶釵、林黛玉眾姊妹正在賈母房內坐著，就有人回：「史大姑娘來了。」一時果見史湘雲帶領眾多丫鬟媳婦走進院來。寶釵、黛玉等忙迎至階下相見。青年姊妹間經月不見，一旦相逢，其親密自不必細說。

……一時進入房中，請安問好，都見過了。賈母因說：「天熱，把外頭的衣服脫了罷。」史湘雲忙起身寬衣。

王夫人因笑道：「也沒見穿上這些作什麼？」

史湘雲笑道：「都是二嬸嬸叫穿的，誰願意穿這些！」

寶釵一旁笑道：「姨娘不知道，她穿衣裳還更愛穿別人的衣裳。可記得舊年三四月裡，她在這裡住著，把寶兄弟的袍子穿上，靴子也穿上，額子也勒上，猛一瞧倒像是寶兄弟，就是多兩個墜子。她站在那椅子後邊，哄得老太太只是叫『寶玉，你過來，仔細那上頭掛的燈穗子招下灰來迷了眼。』她只是笑，也不過去。後來大家撐不住笑了，老太太才笑了，說『倒扮上男人好看了』。」

……林黛玉道：「這算什麼。惟有前年正月裡接了她來，住了沒兩日，下起雪來，老太太和舅母那日想是才拜了影[5]回來，老太太的一個新新的大紅猩猩氈斗篷放在那裡，誰知眼錯不見她就披了，又大又長，她就拿了條汗巾子攔腰繫上，和丫

5.拜了影——影，指舊時供奉的祖先畫像。逢年過節或祭祀時子孫叩拜祖先畫像稱「拜影」。

頭們在後院子撲雪人兒去，一跤栽到溝跟前，弄了一身泥水。」說著，大家想著前情都笑了。

……寶釵笑向那周奶媽道：「周媽，妳們姑娘還是那麼淘氣不淘氣了？」周奶娘也笑。

迎春笑道：「淘氣也罷了，我就嫌她愛說話。也沒見睡在那裡還是咭咭呱呱，笑一陣，說一陣，也不知哪裡來的那些話。」

王夫人道：「只怕如今好了。前兒有人家來相看，眼見有婆婆家了，還是那麼著。」

賈母因問：「今兒還是住著，還是家去呢？」

周奶媽笑道：「老太太沒有看見衣服都帶了來，可不住兩天？」

史湘雲問道：「寶玉哥哥不在家麼？」

寶釵笑道：「她再不想著別人，只想寶兄弟，兩個人好玩的。這可見還沒改了淘氣呢。」

賈母道：「如今你們大了，別提小名兒了。」

……剛說著，只見寶玉來了，笑道：「雲妹妹來了。前兒打發人接妳去怎麼不來？」

王夫人道：「這裡老太太才說這一個，他又來提名道姓的了。」

林黛玉道：「妳哥哥得了好東西，等著妳呢。」

史湘雲道：「什麼好東西？」

寶玉笑道：「妳信她呢！幾日不見越發高了。」

湘雲笑道：「襲人姐姐好？」

寶玉道：「多謝妳記掛。」

湘雲道：「我給她帶了好東西來了。」說著，拿出手帕子來，挽著一個疙瘩。

寶玉道：「什麼好的？妳倒不如把前兒送來的那種絳紋石戒指兒帶兩個給她。」

湘雲笑道：「這是什麼？」說著便打開。眾人看時，果然就是上次送來的那絳紋戒指，一包四個。

林黛玉笑道：「你們瞧瞧她這主意。前兒一般的打發人給我們送了來，妳就把她的也帶了來豈不省事？今兒巴巴的自己帶了來，我當又是什麼新奇東西，原來還是它。真真妳是個糊塗人。」

史湘雲笑道：「妳才糊塗呢！我把這理說出來，大家評一評誰糊塗。給妳們送東西，就是使來的不用說話，拿進來一看，自然就知是送姑娘們的了；若帶她們的東西，這須得我先告訴來人，這是哪一個丫頭的，那是哪一個丫頭的。那使來的人明白還好，再糊塗些，丫頭的名字他也不記得，混鬧胡說的，反連妳們的東西都攪糊塗了。

「若是打發個女人來，素日知道的還罷了，偏生前兒又打發小子來，可怎麼說丫頭們的名字呢？橫豎我來給她們帶來，豈不清白！」說著，把四個戒指放下，說道：「襲人姐姐一個，鴛鴦姐姐一個，金釧兒姐姐一個，平兒姐姐一個：這倒是四個人的，難道小子們也記得這麼清白？」

：眾人聽了都笑道：「果然明白。」

寶玉笑道：「還是這麼會說話，不讓人。」

林黛玉聽了冷笑道：「她不會說話，她的金麒麟也會說話。」一面說著便起身走了。幸而諸人都不曾聽見，只有薛寶釵抿嘴一笑。

寶玉聽見了，倒自己後悔又說錯了話，忽見寶釵一笑，由不得也笑了。寶釵見寶玉笑了，忙起身走開，找了林黛玉去說笑。

賈母向湘雲道：「吃了茶，歇一歇，瞧瞧妳的嫂子們去。園子裡也涼快，同妳姐姐們去逛逛。」

……湘雲答應了，將三個戒指兒包上，歇了一歇，便起身要瞧鳳姐等人去。眾奶娘丫頭跟著，到了鳳姐那裡，說笑了一回，出來便往大觀園來。見過了李宮裁，少坐片時，便往怡紅院來找襲人。

因回頭說道：「妳們不必跟著，只管瞧妳們的朋友親戚去，留下翠縷服侍就是了。」眾人聽了，自去尋姑覓嫂，早剩下湘雲、翠縷兩個人。

翠縷道：「這荷花怎麼還不開？」

史湘雲道：「時候沒到。」

翠縷道：「這也和咱們家池子裡的一樣，也是樓子花[6]？」

湘雲道：「他們這個還不如咱們的呢。」

翠縷道：「他們那邊有棵石榴，接連四五枝，真是樓子上起樓子，這也難為它長。」

史湘雲道：「花草也是同人一樣，氣脈充足，長得就好。」

6.樓子花——在花蕊裡又開出一層花，叫樓子花，又叫重台，俗稱起樓子。

翠縷把臉一扭，說道：「我不信這話。若說同人一樣，我怎麼不見頭上又長出一個頭來的人？」

湘雲聽了，由不得一笑，說道：「我說妳不用說話，妳偏好說。這叫人怎麼好答言？天地間都賦陰陽二氣所生，或正或邪，或奇或怪，千變萬化，都是陰陽順逆，多少一生出來，人罕見的就奇，究竟理還是一樣。」

翠縷道：「這麼說起來，從古至今，開天闢地，都是些陰陽了？」

湘雲笑道：「糊塗東西！越說越放屁。什麼『都是些陰陽』，難道還有個陰陽不成！『陰』『陽』兩個字還只是一個字，陽盡了就成陰，陰盡了就成陽，不是陰盡了又有個陽生出來，陽盡了又有個陰生出來。」

翠縷道：「這糊塗死了我！什麼是個陰陽，沒影沒形的。我只問姑娘，這陰陽是怎麼個樣兒？」

湘雲道：「陰陽可有什麼樣兒，不過是個氣，器物賦了成形。比如天是陽，地就是陰；水是陰，火就是陽；日是陽，月就是陰。」

……翠縷聽了笑道：「是了，是了，我今兒可明白了。怪道人都管著日頭叫『太陽』呢，算命的管著月亮叫什麼『太陰星』，就是這個理了。」

湘雲笑道：「阿彌陀佛！剛剛的明白了。」

翠縷道：「這些大東西有陰陽也罷了，難道那些蚊子、虼蚤、蠓蟲兒[7]、花兒、草兒、瓦片兒、磚頭兒也有陰陽不成？」

湘雲道：「怎麼沒有陰陽呢？比如那一個樹葉兒還分陰陽呢，那邊向上朝陽的就是陽，這邊背陰覆下的就是陰。」

翠縷聽了，點頭笑道：「原來這樣，我可明白了。只是咱們這手裡的扇子，怎麼是陽，怎麼是陰呢？」

7.蠓蟲兒——體呈褐色或黑色，翅短小而寬，甚小，雌蠓吸食人畜血液。

湘雲道：「這邊正面就是陽，那邊反面就為陰。」

翠縷又點頭笑了，還要拿幾件東西問，因想不起個什麼來，猛低頭就看見湘雲宮絛上繫的金麒麟，便提起來問道：「姑娘，這個難道也有陰陽？」

湘雲道：「走獸飛禽，雄為陽，雌為陰；牝為陰，牡為陽[8]。怎麼沒有呢！」

翠縷道：「這是公的，是母的？」

湘雲道：「這連我也不知道。」

翠縷道：「這也罷了，怎麼東西都有陰陽，咱們人倒沒有陰陽呢？」

湘雲照臉啐了一口道：「下流東西，好生走罷！越問越問出好的來了！」

翠縷笑道：「這有什麼不告訴我的呢？我也知道了，不用難我。」

湘雲笑道：「妳知道什麼？」

8. 牝（音聘）牡──鳥獸雌者叫牝，雄者叫牡。

翠縷道：「姑娘是陽，我就是陰。」說湘雲拿手帕子捂著嘴，呵呵大笑起來。

翠縷道：「說是了，就笑得這樣！」

湘雲道：「很是，很是。」

翠縷道：「人規矩主子為陽，奴才為陰，我連這個大道理也不懂得？」

湘雲笑道：「妳很懂得。」

……一面說，一面走，剛到薔薇架下，湘雲道：「妳瞧，那是誰掉的首飾？金晃晃在那裡。」翠縷聽了，忙趕上拾起來，手裡攥著，笑道：「可分出陰陽來了。」說著，便拿史湘雲的麒麟瞧。湘雲要她揀的瞧，翠縷只管不放手，笑道：「是件寶貝，姑娘瞧不得。這是從那裡來的？好奇怪！我從來在這裡沒見有人有這個。」

湘雲道：「拿來我瞧瞧。」翠縷將手一撒，笑道：「請看。」湘雲舉目一驗，卻是文彩輝煌的一個金麒麟，比自己佩的又大又有文彩。湘雲伸手擎在掌上，只是默默不語。

……正自出神，忽見寶玉從那邊來了，笑問道：「妳兩個在這日頭底下作什麼呢？怎麼不找襲人去？」湘雲連忙將那麒麟藏了，說道：「正要去呢。咱們一同走。」說著，大家進入怡紅院來。

襲人正在階下倚檻迎風，忽見湘雲來了，連忙下來迎接，攜手笑道：「許久不來，想念得人了不得。」一時進房歸坐，寶玉因笑道：「妳該早來，我得了一件好東西，專等妳呢。」說著，便向懷內摸掏，掏了半天，「啊呀」了一聲，便問襲人「那個東西妳收起來了麼？」

襲人道：「什麼東西？」寶玉道：「前兒得的麒麟。」

襲人道：「你天天帶在身上的，怎麼問我？」

寶玉聽了，將手一拍，說道：「這可丟了，往哪裡去找呢！」頓時黃了臉，就要起身尋去找。湘雲方知是他遺落的，便笑問道：「你幾時又有了麒麟了？」

寶玉道：「前兒好容易得的呢，不知多早晚丟了，我也糊塗了。」

湘雲笑道：「幸而是頑的東西，還是這麼慌張。」說著，將手一撒笑道：「你瞧瞧，是這個不是？」

寶玉一見，由不得歡喜非常，因說道：「可不是它是誰！」且聽下回分解。

◎第三二回◎

訴肺腑心迷活寶玉
含恥辱情烈死金釧

……話說寶玉見那麒麟，心中甚是歡喜，便伸手來拿，笑道：「虧妳揀著了。妳是哪裡揀的？」

史湘雲笑道：「幸而是這個，明兒倘或把印也丟了[1]，難道也就罷了不成？」

寶玉笑道：「倒是丟了印平常，若丟了這個，我就該死了。」

襲人斟了茶來與史湘雲吃，一面笑道：「大姑娘，聽見前日妳大喜了。」

史湘雲聽了，紅了臉吃茶不答。襲人道：「這會子又害臊了。妳還記得十年前，咱們在西邊暖閣住著，晚上妳同我說的話兒？那會子不害臊，這會子怎麼又害臊了？」

史湘雲笑道：「妳還說呢。那會子咱們那麼好，後來我們太太沒了，我家去住了一程子，怎麼就把妳派了跟二哥哥，我來了，妳就不像先待我了。」

襲人笑道：「妳還說呢。先姐姐長姐姐短哄著我替妳梳頭洗臉，作這個弄那個，如今大了，就拿出小姐的款來。妳既拿小姐的款，我怎麼敢親近呢？」

史湘雲道：「阿彌陀佛，冤枉冤哉！我要這樣，就立刻死了。妳瞧瞧，這麼大熱天，我來了必定趕來先瞧瞧妳。不信，妳問問縷兒，我在家時時刻刻哪一回不念妳幾聲。」

話未了，忙得襲人和寶玉笑道：「頑話妳又認真了。還是這麼性急。」

史湘雲道：「妳不說妳的話噎人，倒說人性急。」一面說，一面打開手帕子，將戒指遞與襲人。

1. **把印也丟了**——印，指官印。丟印意味著丟官。

……襲人感謝不盡，因又笑道：「妳前兒送妳姐姐們的，我已得了；今兒妳親自又送來，可見是沒忘了我。只這個就試出妳來了。戒指兒能值多少，可見妳的心真。」

史湘雲道：「是誰給妳的？」

襲人道：「是寶姑娘給我的。」

湘雲笑道：「我只當是林姐姐給妳的，原來是寶釵姐姐給了妳。我天天在家裡想著，這些姐姐們再沒一個比寶姐姐好的。可惜我們不是一個娘養的。我但凡有這麼個親姐姐，就是沒了父母也是沒妨礙的。」說著，眼睛圈兒就紅了。

……寶玉道：「罷，罷，罷！不用提這個話。」

史湘雲道：「提這個便怎麼？我知道你的心病，恐怕你林妹妹聽見，又怪嗔我贊了寶姐姐。可是為這個不是？」

襲人在旁嗤的一笑，說道：「雲姑娘，妳如今大了，越發心直口快了。」

寶玉笑道：「我說妳們這幾個人難說話，果然不錯。」

史湘雲道：「好哥哥，你不必說話教我惡心。只會在我們跟前說話，見了你林妹妹，又不知怎麼了。」

……襲人道：「且別說頑話，正有一件事還要求妳呢。」

史湘雲便問「什麼事？」

襲人道：「有一雙鞋，摳了墊心子[2]。我這兩日身上不大好，不得做，妳可有工夫替我做做？」

史湘雲笑道：「這又奇了，妳家放著這些巧人不算，還有什麼針線上的，裁剪上的，怎麼叫我做起來？妳的活計叫誰做，誰好意思不做呢？」

襲人笑道：「妳又糊塗了。妳難道不知道我們這屋裡的針線，是不要那些針線上的人做的。」

2.摳了墊心子——意指將鞋面用剪刀挖鉸出各種花樣圖案，從背面再襯上別種顏色的料子。

史湘雲聽了，便知是寶玉的鞋了，因笑道：「既這麼說，我就替妳做了罷。只是一件，妳的我才做，別人的我可不能。」

襲人笑道：「又來了，我是個什麼，就煩妳做鞋了。實告訴妳，可不是我的。妳別管是誰的，橫豎我領情就是了。」

史湘雲道：「論理，妳的東西也不知煩我做了多少了，今兒我倒不做了的原故，妳必定也知道。」

襲人道：「我倒也不知道。」

……史湘雲冷笑道：「前兒我聽見把我做的扇套子拿著和人家比，賭氣又鉸了。我早就聽見了，妳還瞞我。這會子又叫我做，我成了你們的奴才了。」

寶玉忙笑道：「前兒的那事，本不知是妳做的。」

襲人也笑道：「他真不知是妳做的。是我哄他的話，說是新近外頭有個會做活的女孩兒，說扎得出奇的花，我叫他們拿了一個扇套子試試看好不好。他就信了，拿了出去給這個瞧，給那個看的。不知怎麼又惹惱了林姑娘，鉸了兩段。回來他還叫趕著做去，我才說了是你做的，他後悔得什麼似的。」

史湘雲道：「這越發奇了。林姑娘她也犯不上生氣，她既會剪，就叫她做。」

襲人道：「她可不做呢。饒這麼著，老太太還怕她勞碌著了。大夫又說好生靜養才好呢，誰還敢煩她做？舊年算好一年的工夫，做了個香袋兒；今年半年，還沒見拿針線呢。」

……正說著，有人來回說：「興隆街的大爺來了，老爺叫二爺出去會。」寶玉聽了，便知是賈雨村來了，心中好不自在。襲人忙去拿衣服。

寶玉一面蹬著靴子，一面抱怨道：「有老爺和他坐著就罷了，回回定要見我。」

湘雲一邊搖著扇子，笑道：「自然你能會賓接客，老爺才叫你出去呢。」

寶玉道：「那裡是老爺，都是他自己要請我去見的。」

湘雲笑道：「主雅客來勤，自然你有些警他的好處，他才只要會你。」

寶玉道：「罷，罷，我也不敢稱雅，俗中又俗的一個俗人，並不願同這些人往來。」

⋯⋯湘雲笑道：「還是這個情性改不了。如今大了，你就不願讀書去考舉人進士的，也該常常的會會這些為官做宰的人們，談談講講些仕途經濟的學問，也好將來應酬世務，日後也有個朋友。沒見你成年家只在我們隊裡攪些什麼！」

寶玉聽了道：「姑娘請別的姊妹屋裡坐坐，我這裡仔細髒了妳知經濟學問的。」

襲人道：「雲姑娘，快別說這話！上回也是寶姑娘曾說過一回，他也不管人臉上過得去過不去，他就咳了一聲，拿起腳來走了。這裡寶姑娘的話也沒說完，見他走了，登時羞得臉通紅，說又不是，不說又不是。幸而是寶姑娘，那要是林姑娘，不知又鬧到怎麼樣，哭得怎麼樣呢。

「提起這些話來，真真寶姑娘叫人敬重，自己訕了一會子去了。我倒過不去，只當她惱了。誰知過後還是照舊一樣，真真有涵養，心地寬大。誰知這一個反倒同她生分了。那林姑娘見你賭氣不理她，你得賠多少不是呢！」

寶玉道：「林姑娘從來說過這些混帳話不曾？若她也說過這些混帳話，我早和她生分了。」

襲人和湘雲都點頭笑道：「這原是混帳話。」

……原來林黛玉知道史湘雲在這裡，一定寶玉又趕來說麒麟的原故。因心下忖度著，近日寶玉弄來的外傳野史，多半才子佳人，都因小巧玩物上撮合，或有鴛鴦，或有鳳凰，或玉環金珮，或鮫帕鸞條，皆由小物而遂終身。今忽見寶玉亦有麒麟，便恐借此生隙，同史湘雲也做出那些風流佳事來。因而悄悄走來，見機行事，以察二人之意。不想剛走來，正聽見史湘雲說經濟一事，寶玉又說：「林妹妹不說這樣混帳話，若說這話，我也和她生分了。」

：林黛玉聽了這話，不覺又喜又驚，又悲又嘆。所喜者，果然自己眼力不錯，素日認他是個知己，果然是個知己。所驚者，他在人前一片私心稱揚於我，其親熱厚密，竟不避嫌疑。所嘆者，你既為我之知己，自然我亦可為你之知己矣；既你我為知己，則又何必有金玉之論哉！既有金玉之論，亦該你我有之，則又何必來一寶釵哉！

所悲者，父母早逝，雖有銘心刻骨之言，無人為我主張。況近日每覺神思恍惚，病已漸成，醫者更云氣弱血虧，恐致勞怯之症。你我雖為知己，但恐自不能久待；你縱為我知己，奈我薄命何！想到此間，不禁滾下淚來。待進去相見，自覺無味，便一面拭淚，一面抽身回去了。

……這裡寶玉忙忙的穿了衣裳出來，忽抬頭見林黛玉在前面慢慢的走著，似有拭淚之狀，便忙趕上來笑道：「妹妹往哪裡去？怎麼又哭了？又是誰得罪了你？」

林黛玉回頭見是寶玉，便勉強笑道：「好好的，我何曾哭了。」

寶玉笑道：「妳瞧瞧，眼睛上的淚珠兒未乾，還撒謊呢。」一面說，一面禁不住抬起手來替她拭淚。

林黛玉忙向後退了幾步，說道：「你又要死了，作什麼這麼動手動腳的！」

寶玉笑道：「說話忘了情，不覺的動了手，也就顧不得死活。」

林黛玉道：「你死了倒不值什麼，只是丟下了什麼金，又什麼麒麟，可怎麼樣呢？」

一句話又把寶玉說急了，趕上來問道：「妳還說這話！到底是咒我還是氣我呢？」

林黛玉見問，方想起前日的事來，遂自悔自己又說造次了，忙笑道：「你別著急，我原說錯了。這有什麼呢，筋都暴起來，急得一臉汗。」一面說，一面禁不住近前伸手替他拭臉上的汗。

：寶玉瞅了她半天，方說道「妳放心」三個字。

林黛玉聽了，怔了半天，方說道：「我有什麼不放心的？我不明白這話。你倒說說，怎麼是放心不放心？」

寶玉嘆了一口氣，問道：「妳果不明白這話？難道我素日在妳身上的心都用錯了？連妳的意思若體貼不著，就難怪妳天天為我生氣了。」

林黛玉道：「真不明白這放心不放心的話。」

寶玉點頭嘆道：「好妹妹，妳別哄我。果然不明白這話，不但我素日之心白用了，且連妳素日待我之意也都辜負了。妳皆因總是不放心的原故，才弄了一身病。但凡寬慰些，這病也不得一日重似一日。」

……林黛玉聽了這話，如轟雷掣電，細細思之，竟比自己肺腑中掏出來的還覺懇切，竟有萬句言語，滿心要說，只是半個字也不能吐，卻怔怔的望著他。此時，寶玉心中也有萬句言語，一時不知從哪一句上說起，卻也怔怔的望著黛玉。

兩個人怔了半天，林黛玉只咳了一聲，兩眼不覺滾下淚來，回身便要走。寶玉忙上前拉住，說道：「好妹妹，且略站住，我說一句話再走。」

林黛玉一面拭淚，一面將手推開，說道：「有什麼可說的。你的話我早知道了！」口裡說著，卻頭也不回竟去了。

……寶玉站著，只管發起呆來。原來方才出來得慌忙，不曾帶得扇子，襲人怕他熱，忙拿了扇子趕來送與他，忽抬頭見林黛玉和他站著。一時黛玉走了，他還站著不動，因而趕上來說道：「你也不帶了扇子去，虧我看見，趕了送來。」

寶玉出了神，見襲人和他說話，並未看出是何人來，便一把拉住，說道：「好妹妹，我這心事，從來也不敢說，今兒我大膽說出來，死也甘心！我為妳也弄了一身的病在這裡，又不敢告訴人，只好捱著。只等妳的病好了，只怕我的病才得好呢。睡裡夢裡也忘不了妳！」

襲人聽了這話，嚇得魄消魂散，只叫「神天菩薩，坑死我了！」

便推他道：「這是哪裡的話！敢是中了邪？還不快去？」寶玉一時醒過來，方知是襲人送扇子來，羞得滿面紫漲，奪了扇子，便忙忙的抽身跑了。

……這裡襲人見他去了，自思方才之言，一定是因黛玉而起，如此看來，將來難免不才之事[3]，令人可驚可畏。想到此間，也不覺怔怔的滴下淚來，心下暗度如何處治方免此醜禍。正裁疑間，忽有寶釵從那邊走來，笑道：「大毒日頭地下，出什麼神呢？」

襲人見問，忙笑道：「那邊兩個雀兒打架，倒也好頑，我就看住了。」

寶釵道：「寶兄弟這會子穿了衣服，忙忙的哪去了？我才看見走過去，倒要叫住問他呢。他如今說話越發沒了經緯，我故此沒叫他了，由他過去罷。」

3. **不才之事**——沒出息的事。這裡指男女間的醜事。

襲人道：「老爺叫他出去。」

寶釵聽了忙道：「噯喲！這麼黃天[4]暑熱的，叫他做什麼！別是想起什麼來生了氣，叫出去教訓一場。」襲人笑道：「不是這個，想是有客要會。」

寶釵笑道：「這個客也沒意思，這麼熱天，不在家裡涼快，還跑些什麼！」襲人笑道：「倒是妳說的是。」

寶釵因又問道：「雲丫頭在妳們家做什麼呢？」

襲人笑道：「才說了一會子閒話。妳瞧，我前兒粘的那雙鞋，明兒叫她做去。」

寶釵聽見這話，便向兩邊回頭，看無人來往，便笑道：「妳這麼個明白人，怎麼一時半刻的就不會體諒人。我近來看著雲丫頭的神情，再風裡言風裡語的聽起來，那雲丫頭在家裡竟一點兒作不得主。

「她們家嫌費用大，竟不用那些針線上的人，差不多的東西都

4.黃天—即農曆六月，亦稱「長夏」。按五行之說，**夏**，色赤；**長夏**，色黃，故大暑天又稱黃天。

是她們娘兒們動手。為什麼這幾次她來了，她和我說話兒，見沒人在跟前，她就說家裡累得很。我再問她兩句家常過日子的話，她就連眼圈兒都紅了，口裡含含糊糊待說不說的。想其形景來，自然從小兒沒爹娘的苦。我看著她，也不覺的傷起心來。」

……襲人見說這話，將手一拍，道：「是了，是了！怪道上月我煩她打十根蝴蝶結子，過了那些日子才打發人送來，還說『這是粗打的，且在別處能著使罷；要勻淨的，等明兒來住著再好生打罷』。如今聽寶姑娘這話，想來我們煩她不好推辭，不知她在家裡怎麼三更半夜的做呢。可是我也糊塗了，早知是這樣，我也不煩她了。」

寶釵道：「上次她就告訴我，在家裡做活做到三更天，若是替別人做一點半點，她家的那些奶奶、太太們還不受用呢。」

……襲人道：「偏生我們那個牛心[5]左性[6]的小爺，憑著小的大的活計，一概不要家裡這些活計上的人做。我又弄不開這些。」

寶釵笑道：「妳理他呢！只管叫人做去，只說是妳做的就是了。」

襲人道：「哪裡哄得過他，他才是認得出來呢。說不得我只好慢慢的累去罷了。」

寶釵笑道：「妳不必著急，我替妳做些如何？」

襲人笑道：「當真的這樣，就是我的福了。晚上我親自送過去。」

……一句話未了，忽見一個老婆子忙忙走來，說道：「這是哪裡說起！金釧兒姑娘好好的，投井死了！」

襲人唬了一跳，忙問「哪個金釧兒？」

那老婆子道：「哪裡還有兩個金釧兒呢？就是太太屋裡的。前

5. 牛心——喻性格執拗。

6. 左性——性情偏執怪癖。

兒不知為什麼攆她出去，在家裡哭天哭地的，也都不理會她，誰知今兒找她不見了。剛才打水的人在那東南角上井裡打水，只見一個屍首，趕著叫人打撈起來，誰知是她。她們家裡還只管亂著要救活，哪裡中用了！」

寶釵道：「這也奇了。」襲人聽說，點頭贊嘆，想素日同氣之情，不覺流下淚來。寶釵聽見這話，忙向王夫人處來道安慰。這裡襲人回去不提。

……※……※……※……

……卻說寶釵來至王夫人處，只見鴉雀無聞，獨有王夫人在裡間房內坐著垂淚。寶釵便不好提這事，只得一旁坐了。

王夫人便問：「妳從哪裡來？」

寶釵道：「從園子裡來。」

王夫人道：「妳從園子裡來，可看見妳寶兄弟麼？」

寶釵道：「才倒看見了。他穿了衣服出去，不知哪裡去。」

……王夫人點頭哭道：「妳可知道一樁奇事？金釧兒忽然投井死了！」

寶釵嘆道：「怎麼好好的投井？這也奇了。」

王夫人道：「原是前兒她把我一件東西弄壞了，我一時生氣，打了她一下，攆了她下去。我只說氣她兩天，還叫她上來，誰知她這麼氣性大，就投井死了。豈不是我的罪過！」

寶釵嘆道：「姨娘是慈善人，固然是這麼想。據我看來，她並不是賭氣投井。多半是她下去住著，或是在井跟前憨頑，失了腳掉下去的。

「她在上頭拘束慣了，這一出去，自然要到各處去頑頑逛逛，豈有這樣大氣性的理！縱然有這樣大氣，也不過是個糊塗人，也不為可惜。」

王夫人點頭嘆道：「這話雖然如此說，到底我於心不安。」

寶釵嘆道：「姨娘也不必念念於茲，十分過不去，不過多賞她幾兩銀子發送她，也就盡了主僕之情了。」

王夫人道：「剛才我賞了她娘五十兩銀子，原要還把妳妹妹們的新衣服拿兩套給她妝裹。誰知鳳丫頭說，可巧都沒什麼新做的衣服，只有妳林妹妹作生日的兩套。

「我想妳林妹妹那孩子素日是個有心的，況且她原也三災八難的，既說了給她過生日，這會子又給去人妝裹[7]，她豈不忌諱！

「因為這麼樣，我現叫裁縫趕兩套給她。要是別的丫頭，賞她幾兩銀子也就完了，只是金釧兒雖然是個丫頭，素日在我跟前，比我的女兒也差不多。」口裡說著，不覺流下淚來。

寶釵忙道：「姨娘這會子又何用叫裁縫趕去，我前兒倒做了兩套，拿來給她豈不省事。況且她活著的時候也穿過我的舊衣

7. 妝裹——妝殮。

服，身量又相對。」

王夫人道：「雖然這樣，難道妳不忌諱？」

寶釵笑道：「姨娘放心，我從來不計較這些。」一面說，一面起身就走。王夫人忙叫了兩個人跟寶姑娘去。

……一時寶釵取了衣服回來，只見寶玉在王夫人旁邊坐著垂淚。王夫人正數說他，因見寶釵來了，卻掩口不說了。寶釵見此光景，察言觀色，早知覺了八分，於是將衣服交割明白。王夫人將她母親叫來拿了去。再看下回便知。

◎第三三回◎

手足耽耽[1]小動唇舌　不肖種種大承笞撻[2]

……卻說王夫人喚上金釧母親來，拿幾件簪環當面賞與，又吩咐請幾眾僧人念經超度。她母親磕頭謝了出去。

……原來寶玉會過雨村回來，就聽見金釧兒含羞賭氣自盡，心中早又五內摧傷，進來被王夫人數落教訓，也無可回說。見寶釵進來，方得便出來，茫然不知何往，背著手，低著頭，一面感嘆，一面慢慢的走著。信步來至廳上。

……剛轉過屏門，不想對面來了一人正往裡走，可巧兒撞了個滿懷。只聽那人喝了一聲：「站住！」寶玉唬了一跳，抬頭一看，不是別人，卻是他父親，早不覺倒抽了一口氣，只得垂手一旁站了。

賈政道：「好端端的，你垂頭喪氣嗐[3]些什麼？方才雨村來了要見你，叫你那半天才出來；既出來了，全無一點慷慨揮灑談吐，仍是葳葳蕤蕤[4]。我看你臉上一團思慾愁悶氣色，這會子又咳聲嘆氣。你那些還不足，還不自在？無故這樣，卻是為何？」

寶玉素日雖然口角伶俐，只是此時一心總為金釧兒感傷，恨不得此時也身亡命殞，跟了金釧兒去。如今見了他父親說這些話，究竟不曾聽見，只是怔怔的站著。

……賈政見他惶悚[5]，應對不似往日，原本無氣的，這一來倒生了三分氣。方欲說話，忽有回事人來回：「忠順親王府裡有人來，要見老爺。」賈政聽了，心下疑惑，暗暗思忖道：「素

1.眈眈—注目而視。

2.笞撻（音吃踏）—用板子、棍子打罰。

3.嗐—嘆詞，表示傷感或惋惜。

4.葳葳蕤蕤—萎靡不振。

5.惶悚—惶恐而心中害怕。

日並不與忠順王府來往，為什麼今日打發人來？」一面想，一面命「快請」，急走出來看時，卻是忠順府長史官[6]，忙接進廳上坐了獻茶。

……未及敍談，那長史官先就說道：「下官此來，並非擅造潭府[7]，皆因奉王命而來，有一件事相求。看王爺面上，敢煩老大人作主，不但王爺知情，且連下官輩亦感謝不盡。」賈政聽了這話，抓不住頭腦，忙陪笑起身問道：「大人既奉王命而來，不知有何見諭，望大人宣明，學生好遵諭承辦。」那長史官便冷笑道：「也不必承辦，只用大人一句話就完了。我們府裡有一個做小旦的琪官，那原是奉旨由內園賜出，只從出來，好好在府裡，住了不下半年，如今竟三五日不見回去，各處去找，又摸不著他的道路，因此各處訪察。這一城內，十停人倒有八停人都說，他近日和銜玉的那位令郎相與

6.**長史官**——總管王府內事務的官吏。

7.**潭府**——深宅大院。常用作對他人住宅的尊稱。潭，深邃的樣子。

甚厚。下官輩聽了，尊府不比別家，可以擅入索取，因此啟明王爺。

「王爺亦云：『若是別的戲子呢，一百個也罷了；只是這琪官隨機應答，謹慎老成，甚合我老人家的心，竟斷斷少不得此人。』乃故求老大人轉諭令郎，請將琪官放回，一則可慰王爺諄諄奉懇，二則下官輩也可免操勞求覓之苦。」說畢，忙打一躬。

……賈政聽了這話，又驚又氣，即命喚寶玉來。寶玉也不知是何緣故，忙趕來時，賈政便問：「該死的奴才！你在家不讀書也罷了，怎麼又做出這些無法無天的事來！那琪官現是忠順王爺駕前承奉之人，你是何等草芥，無故引逗他出來，如今禍及於我。」

寶玉聽了，唬了一跳，忙回道：「實在不知此事。究竟連『琪官』兩個字不知為何物，豈更又加『引逗』二字！」說著便哭了。

賈政未及開言，只見那長史官冷笑道：「公子也不必掩飾。或隱藏在家，或知其下落，早說了出來，我們也少受些辛苦，豈不念公子之德？」

寶玉連說：「恐是訛傳，也未見得。」

那長史官冷笑兩聲道：「現有據有證，何必還賴？必定當著老大人說了出來，公子豈不吃虧？既云不知此人，那紅汗巾子怎麼到了公子腰裡？」

寶玉聽了這話，不覺轟去魂魄，目瞪口呆，心下自思：「這話他如何得知！他既連這樣機密事都知道了，大約別的瞞他不過，不如打發他去了，免得再說出別的事來。」因說道：「大人既知他的底細，如何連他置買房舍這樣大事倒不曉得了？聽得說他如今在東郊離城二十里有個什麼紫檀堡，他在那裡置了幾畝田地幾間房舍。想是在那裡也未可知。」

那長史官聽了，笑道：「這樣說，一定是在那裡。我且去找一回，若有了便罷，若沒有，還要來請教。」說著，便忙忙的走了。

……賈政此時氣得目瞪口歪，一面送那長史官，一面回頭命寶玉「不許動！回來有話問你。」一直送那官員去了。

才回身，忽見賈環帶著幾個小廝一陣亂跑。賈政喝令小廝「快打，快打！」賈環見了他父親，唬得骨軟筋酥，連忙低頭站住。

賈政便問：「你跑什麼？帶著你的那些人都不管你，不知往那裡逛去，由你野馬一般！」喝命叫跟上學的人來。

賈環見他父親盛怒，便乘機說道：「方才原不曾跑，只因從那井邊一過，那井裡淹死了一個丫頭，我看見人頭這樣大，身子這樣粗，泡得實在可怕，所以才趕著跑了過來。」

賈政聽了驚疑，問道：「好端端的，誰去跳井？我家從無這樣事情，自祖宗以來，皆是寬柔以待下人。大約我近年於家務疏懶，自然執事人操克奪之權[8]，致使生出這暴殄輕生的禍患。若外人知道，祖宗顏面何在！」喝令快叫賈璉、賴大、來興。

……小廝們答應了一聲，方欲叫去，賈環忙上前拉住賈政的袍襟，貼膝跪下道：「父親不用生氣。此事除太太房裡的人，別人一點也不知道。我聽見我母親說……」說到這裡，便回頭四顧一看。賈政知其意，將眼一看眾小廝，小廝們明白，都往兩邊後面退去。

賈環便悄悄說道：「我母親告訴我說，寶玉哥哥前日在太太屋裡，拉著太太的丫頭金釧兒強奸不遂，打了一頓。那金釧兒便賭氣投井死了。」

8. 克奪之權——生殺予奪之權。

話未說完，把個賈政氣得面如金紙，大喝：「快拿寶玉來！」一面說，一面便往書房裡去，喝令：「今日再有人勸我，我把這冠帶家私[9]一應交與他與寶玉過去！我免不得做個罪人，把這幾根煩惱鬢毛剃去，尋個乾淨去處自了，也免得上辱先人、下生逆子之罪。」

眾門客僕從見賈政這個形景，便知又是為寶玉了，一個個都是啖指咬舌，連忙退出。

……那賈政喘吁吁、直挺挺的坐在椅子上，滿面淚痕，一疊聲「拿寶玉！拿大棍！拿索子捆上！把各門都關上！有人傳信往裡頭去，立刻打死！」眾小廝們只得齊聲答應，有幾個來找寶玉。

……那寶玉聽見賈政吩咐他「不許動」，早知凶多吉少，哪裡承

9. **冠帶家私**——冠帶，帽子和束帶，是官服的代稱，這裡代指官爵。家私，財產，代指家業。

望賈環又添了許多話。正在廳上乾轉，怎得個人來，往裡頭去捎個信，偏生沒一個人來，連焙茗也不知在哪裡。正盼望時，只見一個老姆姆出來了。

寶玉如得了珍寶，便趕上來拉她，說道：「快進去告訴：老爺要打我呢！快去，快去！要緊，要緊！」

……寶玉一則急了，說話不明白；二則老婆子偏生又聾，竟不曾聽見是什麼話，把「要緊」二字只聽作「跳井」二字。便笑道：「跳井讓她跳去，二爺怕什麼？」寶玉見是個聾子，便著急道：「妳出去快叫我的小廝來罷！」

那婆子道：「有什麼不了的事？老早的完了。太太又賞了衣服，又賞了銀子，怎麼不了事的！」

……寶玉急得跺腳，正沒抓尋處，只見賈政的小廝走來，逼著他出去了。賈政一見，眼都紅紫了，也不暇問他在外流蕩優伶、表贈私物，在家荒疏學業、淫辱母婢等語，只喝令：「堵起嘴來，著實打死！」小廝們不敢違拗，只得將寶玉按在凳上，舉起大板，打了十來下。

賈政猶嫌打輕了，一腳踢開掌板的，自己奪過來，咬著牙狠命蓋了三四十下。眾門客見打得不祥了，忙上來奪勸。賈政哪裡肯聽，說道：「你們問問他幹的勾當，可饒不可饒！素日皆是你們這些人把他釀壞了，到這步田地還來解勸！明日釀到他弒君殺父，你們才不勸不成！」

……眾人聽這話不好聽，知道是氣急了，忙又退出，只得覓人進去捎信。王夫人不敢先回賈母，只得忙穿衣出來，也不顧有人沒人，忙忙趕往書房中來，慌得眾門客小廝等避之不及。王夫人一進房來，賈政更如火上澆油一般，那板子越發下去得又狠又快。按寶玉的兩個小廝忙鬆了手走開，寶玉早已動彈不得了。

∴賈政還欲打時，早被王夫人抱住板子。

賈政道：「罷了，罷了！今日必定要氣死我才罷！」

王夫人哭道：「寶玉雖然該打，老爺也要自重。況且炎天暑日的，老太太身上也不大好，打死寶玉事小，倘或老太太一時不自在了，豈不事大！」

賈政冷笑道：「倒休提這話。我養了這不肖的孽障，已不孝；教訓他一番，又有眾人護持；不如趁今日一發勒死了，以絕將來之患！」說著，便要繩索來勒死。

∴王夫人連忙抱住哭道：「老爺雖然應當管教兒子，也要看夫妻分上。我如今已將五十歲的人，只有這個孽障，必定苦苦的以他為法，我也不敢深勸。今日越發要他死，豈不是有意絕我。既要勒死他，快拿繩子來先勒死我，再勒死他。我們娘兒們不敢含怨，到底在陰司裡得個依靠。」說畢，爬在寶玉身上大哭起來。賈政聽了此話，不覺長嘆一聲，向椅上坐了，淚如雨下。

……王夫人抱著寶玉，只見他面白氣弱，底下穿的一條綠紗小衣皆是血漬，禁不住解下汗巾看去，由臂至脛，或青或紫，或整或破，竟無一點好處，不覺失聲大哭起「苦命的兒」來，因哭出「苦命兒」來，忽又想起賈珠來，便叫著賈珠哭道：「若有你活著，便死一百個我也不管了。」

此時，裡面的人聞得王夫人出來了，那李宮裁王熙鳳與迎春姊妹早已出來了。王夫人哭著賈珠的名字，別人還可，惟有宮裁禁不住也放聲哭了。賈政聽了，那淚珠更似滾瓜一般滾了下來。

……正沒開交處，忽見丫鬟來說道：「老太太來了。」一句話未了，只聽窗外顫巍巍的聲氣說道：「先打死我，再打死他，豈不乾淨了！」賈政見他母親來了，又急又痛，連忙迎接出來，只見賈母扶著丫頭喘吁吁的走來。

賈政上前躬身陪笑道：「大暑熱天，母親有何生氣，親自走來？有話只該叫了兒子進去吩咐。」

賈母聽說，便止住步，喘息一會，厲聲說道：「你原來是和我說話！我倒有話吩咐，只是可憐我一生沒養個好兒子，卻叫我和誰說去！」

賈政聽這話不像，忙跪下含淚說道：「為兒的教訓兒子，也為的是光宗耀祖。母親這話，我做兒的如何禁得起？」

賈母聽說，便啐了一口道：「我說了一句話，你就禁不起，你那樣下死手的板子，難道寶玉就禁得起了？你說教訓兒子是光宗耀祖，當初你父親怎麼教訓你來！」說著，也不覺滾下淚來。

……賈政又陪笑道：「母親也不必傷感，皆是做兒的一時性起，從此以後再不打他了。」

賈母便冷笑道：「你也不必和我使性子賭氣的。你的兒子，我也不該管你打不打。我猜著你也厭煩我們娘兒們。不如我們趕早兒離了你，大家乾淨！」說著便令人去看轎馬，「我和你太太寶玉立刻回南京去！」家下人只得乾答應著。

……賈母又叫王夫人道：「妳也不必哭了。如今寶玉年紀小，妳疼他，他將來長大了，為官作宰的，也未必想著妳是他母親了。妳如今倒不要疼他，只怕將來還少生一口氣呢。」

賈政聽說，忙叩頭哭道：「母親如此說，賈政無立足之地。」賈母冷笑道：「你分明使我無立足之地，你反賴起我來！只是我們回去了，你心裡乾淨，看有誰來不許你打。」一面說，一面只命快打點行李、車轎回去。賈政苦苦叩求認罪。

……賈母一面說話，一面又記掛寶玉，忙進來看時，只見今日這頓打不比往日，又是心疼，又是生氣，也抱著哭個不了。王夫人與鳳姐等解勸了一會，方漸漸的止住。早有丫鬟媳婦等上來，要攙寶玉，鳳姐便罵道：「糊塗東西，也不睜開眼瞧瞧！打得這個樣兒，還要攙著走！還不快進去把那藤屜子春凳[10]抬出來呢。」眾人聽說，連忙進去，果然抬出春凳來，將寶玉抬放凳上，隨著賈母王夫人等進去，送至賈母房中。

10.藤屜子春凳——**春凳**，一種面較寬的可坐可臥的長凳。**藤屜子**，凳面用藤皮編成。

…彼時賈政見賈母氣未全消，不敢自便，也只得跟了進去。看看寶玉，果然打重了。再看看王夫人，「兒」一聲，「肉」一聲，「你替珠兒早死了，留著珠兒，免你父親生氣，我也不白操這半世的心了。這會子你倘或有個好歹，丟下我，叫我靠那一個！」數落一場，又哭「不爭氣的兒」。

賈政聽了也就灰心，自悔不該下毒手打到如此地步。先勸賈母，賈母含淚說道：「你不出去，還在這裡做什麼！難道於心不足，還要眼看著他死了才去不成！」賈政聽說，方退了出來。

…此時，薛姨媽同寶釵、香菱、襲人、史湘雲等也都在這裡。襲人滿心委屈，只不好十分使出來，見眾人圍著，灌水的灌水，打扇的打扇，自己插不下手去，便索性走出來，到二門前，令小廝們找了焙茗來細問：「方才好端端的，為什麼打起來？

你也不早來透個信兒！」

焙茗急得說：「偏生我沒在跟前，打到半中間，我才聽見了。忙打聽原故，卻是為琪官同金釧兒姐姐的事。」

襲人道：「老爺怎麼得知道的？」

焙茗道：「那琪官的事，多半是薛大爺素日吃醋，沒法兒出氣，不知在外頭唆挑了誰來，在老爺跟前下的火。那金釧兒的事，是三爺說的，我也是聽見老爺的人說的。」

襲人聽了這兩件事都對景[11]，心中也就信了八九分，然後回身進來，只見眾人都替寶玉療治。調停完備，賈母令「好生抬到他房內去」。眾人答應，七手八腳忙把寶玉送入怡紅院內自己床上臥好。又亂了半日，眾人漸漸散去，襲人方進前來經心[12]服侍，問他端的。且聽下回分解。

11. 對景——情況符合。

12. 經心——留意，留心。

◎第三四回◎

情中情因情感妹妹
錯裡錯以錯勸哥哥

……話說襲人見賈母王夫人等去後，便走來寶玉身邊坐下，含淚問他：「怎麼就打到這步田地？」

寶玉嘆氣說道：「不過為那些事，問它作什麼！只是下半截疼得很，妳瞧瞧打壞了哪裡。」襲人聽說，便輕輕的伸手進去，將中衣褪下。寶玉略動一動，便咬著牙叫「噯喲」，襲人連忙停住手，如此三四次才褪了下來。

襲人看時，只見腿上半段青紫，都有四指寬的僵痕高了起來。襲人咬著牙說道：「我的娘，怎麼下這般的狠手！你但凡聽我一句勸，也不得到這步地位。幸而沒動筋骨，倘或打出個殘疾來，可叫人怎麼樣呢！」

正說著，只聽丫鬟們說：「寶姑娘來了。」襲人聽見，知道穿不及中衣，便拿了一床袷紗被[1]替寶玉蓋了。

……只見寶釵手裡托著一丸藥走進來，向襲人說道：「晚上把這藥用酒研開，替他敷上，把那淤血的熱毒散開，可以就好了。」說畢，遞與襲人，又問道：「這會子可好些？」寶玉一面道謝說：「好些了。」又讓坐。寶釵見他睜開眼說話，不像先時，心中也寬慰了好些，便點頭嘆道：「早聽人一句話，也不至今日。別說老太太、太太心疼，就是我們看著，心裡也疼……」剛說了半句又忙咽住，自悔說的話急了，不覺紅了臉，低下頭來。

……寶玉聽得這話如此親切稠密，竟大有深意，忽見她又咽住不

1. 袷（音夾）紗被——表裡兩層的紗被。

往下說，紅了臉低下頭只管弄衣帶，那一種嬌羞怯怯，非可形容得出者，不覺心中大暢，將疼痛早丟在九霄雲外。心中自思：「我不過捱了幾下打，她們一個個就有這些憐惜悲感之態露出，令人可玩可觀，可憐可敬。假若我一時竟遭殃橫死，她們還不知是何等悲感呢！既是她們這樣，我便一時死了，得她們如此，一生事業縱然盡付東流，亦無足嘆惜，冥冥之中若不怡然自得，亦可謂糊塗鬼祟矣。」

……想著，只聽寶釵問襲人道：「怎麼好好的動了氣，就打起來了？」襲人便把焙茗的話說了出來。

寶玉原來還不知道賈環的話，聽見襲人說出，方才知道。因又拉上薛蟠，惟恐寶釵沉心，忙又止住襲人道：「薛大哥哥從來不這樣的，妳們別混猜度。」

寶釵聽說，便知寶玉是怕她多心，用話攔襲人，因心中暗暗想道：「打到這個形景，疼還顧不過來，還是這樣細心，怕得罪了人，可見在我們身上也算是用心了。你既這樣用心，何不在外頭大事上做工夫，老爺也喜歡了，也不能吃這樣虧。但你固然怕我沉心，所以攔襲人的話，難道我就不知道我哥哥素日恣心縱欲，毫無防範的那種心性？當日為一個秦鐘，還鬧得天翻地覆，自然如今比先又更利害了。」想畢，因笑道：「你們也不必怨這個，怨那個。據我想，到底寶兄弟素日不正經，肯和那些人來往，老爺才生氣。就是我哥哥說話不防頭，一時說出寶兄弟來，也不是有心調唆。「一則也是本來的實話，二則他原不理論這些防嫌小事。襲姑娘從小兒只見寶兄弟這樣細心的人，你何嘗見過我那哥哥天不怕地不怕，心裡有什麼，口裡就說什麼的人。」

襲人因說出薛蟠來，見寶玉攔她的話，早已明白自己說造次了，恐寶釵沒意思，聽寶釵如此說，更覺羞愧無言。寶玉又聽寶釵這番話，一半是堂皇正大，一半是自去己的疑心，更覺比先暢快了。

方欲說話時，只見寶釵起身說道：「明兒再來看你，你好生養著罷。方才我拿來的藥交給襲人了，晚上敷上保管就好了。」說著便走出門外。襲人趕著送出院外，說：「姑娘倒費心了。改日寶二爺好了，親自來謝。」

寶釵回頭笑道：「有什麼謝處。妳只勸他好生靜養，別胡思亂想的就好了。要想什麼吃的、玩的，妳悄悄的往我那裡取去，不必驚動老太太、太太眾人，倘或吹到老爺耳朵裡去，雖然彼時不怎麼樣，將要對景，終是要吃虧的。」說著，一回身去了。

……襲人抽身回來，心內著實感激寶釵。進來見寶玉沉思默默、似睡非睡的模樣，因而退出房外，自去櫛沐[2]。寶玉默默的

2. 櫛沐——梳洗。

躺在牀上，無奈臀上作痛，如針挑刀挖一般，更又熱如火炙，略展轉時，禁不住「噯喲」之聲。那時，天色將晚，因見襲人去了，卻有兩三個丫鬟伺候，此時並無可呼喚之事，因說道：「妳們且去梳洗，等我叫時再來。」眾人聽了，也都退出。

……這裡寶玉昏昏默默，只見蔣玉菡走了進來，訴說忠順府拿他之事；一時又見金釧兒進來哭說為他投井之情。寶玉半夢半醒，都不在意。忽又覺有人推他，恍恍忽忽聽得有人悲戚之聲。寶玉從夢中驚醒，睜眼一看，不是別人，卻是林黛玉。

……寶玉猶恐是夢，忙又將身子欠起來，向臉上細細一認，只見她兩個眼睛腫得桃兒一般，滿面淚光，不是黛玉卻是哪個？寶玉還欲看時，怎奈下半截疼痛難禁，支持不住，便「噯喲」一聲，仍舊倒下，嘆了一聲說道：「妳又做什麼來了！雖說太陽落下，那地上餘熱未散，走了來倘或又受了暑呢。我雖然捱了打，並不覺疼痛。我這個樣兒，也是裝出來哄她們，好在外頭布散與老爺聽，其實是假的。妳不可認真。」

……此時林黛玉雖不是嚎啕大哭，然越是這等無聲之泣，氣噎喉堵，更覺得利害。聽了寶玉這番話，雖有萬句言詞，只是不能說出口，半日方抽抽噎噎的說道：「你從此可都改了罷！」寶玉聽說，便長嘆一聲道：「妳放心！別說這樣話。我便為這些人死了，也是情願的！」

……一句話未說了，只見院外人說：「二奶奶來了。」林黛玉便知是鳳姐來了，連忙立起身說道：「我打後院子裡去罷，回來再來。」

寶玉一把拉住說道：「這可奇了，好好的怎麼怕起她來？」林黛玉急得跺腳，悄悄的說道：「你瞧瞧我的眼睛，又該她拿著取笑開心了。」

寶玉聽說，趕忙的放了手。黛玉三步兩步轉過床後，出後院而去。

……鳳姐從前頭已進來了，問寶玉：「可好些了？想什麼吃？叫人往我那裡取去。」接著，薛姨媽又來了。一時賈母又打發了人來。

……至掌燈時分，寶玉只喝了兩口湯，便昏昏沉沉的睡去。接著，周瑞媳婦、吳新登媳婦、鄭好時媳婦這幾個有年紀常往來的，只聽寶玉捱了打，也都進來請安。襲人忙迎出來，悄悄的笑道：「嬸嬸們來遲了一步，二爺才睡著了。」

說著，一面帶她們到那邊房裡坐了，倒茶與她們吃。那幾個媳婦子都悄悄的坐了一回，向襲人說：「等二爺醒了，妳替我們說罷。」襲人答應了，送她們出去。

……剛要回來，只見王夫人使了個婆子來，口稱：「太太叫一個跟二爺的人呢。」

襲人見說，想了一想，便回身悄悄的告訴晴雯、麝月、檀雲、秋紋等說：「太太叫人呢，妳們好生在房裡，我去了就來。」說畢，同那婆子一逕出了園子，來至上房。

……王夫人正坐在涼榻上搖著芭蕉扇子，見她來了，說道：「妳不管叫個誰來也罷了。妳又丟下他來了，誰服侍他呢？」

襲人見說，連忙陪笑回道：「二爺才睡安穩了，那四五個丫頭如今也好了，會服侍二爺了，太太請放心。恐怕太太有什麼話吩咐，打發她們來，一時聽不明白倒耽誤了。」

王夫人道：「也沒什麼話，白問問他這會子疼的怎麼樣。」

襲人道：「寶姑娘送去的藥，我給二爺敷上了，比先好些了。先疼得躺不穩，這會子都睡沉了，可見好些。」

……王夫人又問：「吃了什麼沒有？」

襲人道：「老太太給的一碗湯，喝了兩口，只嚷乾渴，要吃酸梅湯。我想著酸梅是個收斂的東西，才剛捱了打，又不許叫喊，自然急得那熱毒熱血未免不存在心裡，倘或吃下這個去激在心裡，再弄出大病來，可怎麼樣呢。因此我勸了半天才沒吃，只拿那糖醃的玫瑰滷子和了吃了半碗，又嫌吃絮[3]了，不香甜。」

王夫人道：「噯喲！你不該早來和我說。前兒有人送了幾瓶子香露來，原要給他一點子的，我怕他胡糟蹋了，就沒給。既

3.絮——因重複而厭煩。

是他嫌那些玫瑰膏子絮煩，把這個拿兩瓶子去。一碗水裡只用挑一茶匙子，就香得了不得呢。」

說著就喚彩雲來：「把前兒的那幾瓶香露拿了來。」

襲人道：「只拿兩瓶來罷，多了也白糟蹋。等不夠再要，再來取也是一樣。」

…彩雲聽說，去了半日，果然拿了兩瓶來，遞與襲人。襲人看時，只見兩個玻璃小瓶，都有三寸大小，上面螺絲銀蓋，鵝黃箋上寫著「木樨清露」，那一個寫著「玫瑰清露」。襲人笑道：「好金貴東西！這麼個小瓶兒，能有多少？」

王夫人道：「那是進上的，妳沒看見鵝黃箋子？妳好生替他收著，別糟蹋了。」

…襲人答應著，方要走時，王夫人又叫：「站著，我想起一句話來問妳。」襲人忙又回來。

王夫人見房內無人，便問道：「我恍惚聽見寶玉今兒捱打，是環兒在老爺跟前說了什麼話。妳可聽見這個了？妳要聽見，告訴我聽聽，我也不吵出來教人知道是妳說的。」

襲人道：「我倒沒聽見這話，只聽說為二爺霸占著戲子，人家來和老爺要，為這個打的。」

王夫人搖頭說道：「也為這個，還有別的原故。」

襲人道：「別的原故實在不知道了。我今日大膽在太太跟前說句不知好歹的話。論理……」說了半截，忙又咽住。

王夫人道：「妳只管說。」

襲人笑道：「太太別生氣，我就說了。」

王夫人道：「我有什麼生氣的，你只管說來。」

襲人道：「論理，我們二爺也須得老爺教訓教訓。若老爺再不管，不知將來做出什麼事來呢。」

王夫人一聞此言，便合掌念聲「阿彌陀佛」，由不得趕著襲人叫了一聲：「我的兒，虧了妳也明白這話，和我的心一樣。

「我何曾不知道管兒子，先時妳珠大爺在，我是怎麼樣管來著，難道我如今倒不知道管兒子了？只是有個原故：如今我想，我已經快五十歲的人了，通共剩了他一個，他又長得單弱，況且老太太寶貝似的，若管緊了他，倘或再有個好歹，或是老太太氣壞了，那時上下不安，豈不倒壞了，所以就縱壞了他。

「我常常掰著口兒勸一陣說一陣，氣得罵一陣哭一陣，彼時他好，過後兒還是不相干，端的吃了虧才罷。設若打壞了，將來我靠誰呢！」說著，由不得滾下淚來。

……襲人見王夫人這般悲感，自己也不覺傷了心，陪著落淚。又道：「二爺是太太養的，太太豈不心疼。便是我們做下人的服侍一場，大家落個平安，也算是造化了。要這樣起來，連平安都不能了。

「哪一日哪一時我不勸二爺，只是再勸不醒。偏生那些人又肯親近他，也怨不得他這樣，總是我們勸的倒不好了。今兒太太提起這話來，我還記掛著一件事，每要來回太太，討太太個主意。只是我怕太太疑心，不但我的話白說了，且連葬身之地都沒了。」

……王夫人聽了這話內有因，忙問道：「我的兒，妳有話只管說。近來我雖聽見眾人背前背後都誇妳，我還信不真，只怕妳不過是在寶玉身上留心，或是諸人跟前和氣，這些小意思上好，所以將妳和老姨娘一體行事。誰知妳方才和我說的話全是大道理，正和我的想頭一樣。妳有什麼只管說什麼，只別教別人知道就是了。」

襲人道：「我也沒什麼別的說。我只想著討太太一個示下，怎麼變個法兒，以後竟還教二爺搬出園子來住就好了。」

……王夫人聽了，吃一大驚，忙拉了襲人的手問道：「寶玉難道和誰作怪了不成？」

襲人連忙回道：「太太別多心，並沒有這話。這不過是我的小見識。如今二爺也大了，裡頭姑娘們多，況且林姑娘寶姑娘又是兩姨姑表姊妹，雖說是姊妹們，到底是男女之分，日夜一處起坐不方便，由不得叫人懸心，便是外人看著也不像大家子的體統。

「俗語說的『沒事常思有事』，世上多少沒頭腦的事，多半因為無心中做出，有心人看見，當作有心事情，倒反說壞了。只是預先不防著，斷然不好。二爺素日性格，太太是知道的。他又偏好在我們隊裡鬧，倘或不防，前後錯了一點半點，不論真假，人多口雜，那起小人的嘴有什麼避諱，心順了，說得比菩薩還好，心不順，就貶得連畜牲不如。

「二爺將來倘或有人說好，不過大家直過沒事，若要叫人說出一個不好字來，我們不用說，粉身碎骨、罪有萬重，都是平常小事，但後來二爺一生的聲名品行豈不完了，二則太太也難見老爺。俗語又說『君子防不然』，不如這會子防避為是。太太的事情多，一時固然想不到。我們想不到則可，既想到了，若不回明太太，罪越發重了。近來我為這事日夜懸心，又不好說與人，惟有燈知道罷了。」

……王夫人聽了這話，如雷轟電掣的一般，正觸了金釧兒之事，心內越發感愛襲人不盡，忙笑道：「我的兒，妳竟有這個心胸，想得這樣周全！我何曾又不想到這裡，只是這幾天有事就忘了。

「妳今兒這一番話提醒了我。難為妳成全我娘兒兩個聲名體面，真真我竟不知道妳這樣好。罷了，妳且去罷，我自有道理。只是還有一句話：妳今日既說了這樣的話，我就把他交給妳了，好歹留心，保全了他就是保全了我。我自然不辜負妳。」

……襲人連連答應著去了。回來正值寶玉睡醒，襲人回明香露之事。寶玉喜不自禁，即命調來嘗試，果然香妙非常。因心下記掛著黛玉，滿心裡要打發人去，只是怕襲人疑心，便設一法兒，先使襲人往寶釵那裡去借書。

……襲人去了，寶玉便命晴雯來吩咐道：「妳到林姑娘那裡去看看她做什麼呢。她要問我，只說我好了。」

晴雯道：「白眉赤眼[4]，做什麼去呢？到底說句話兒，也像一

4.白眉赤眼——平白無故的意思。

件事。」

寶玉道：「沒有什麼可說的。」

晴雯道：「若不然，或是送件東西，或是取件東西，不然我去了怎麼搭訕呢？」

寶玉想了一想，便伸手拿了兩條手帕子撂與晴雯，笑道：「也罷，就說我叫你送這個給她去了。」

晴雯道：「這又奇了。她要這半新不舊的兩條手帕子作什麼呢？她又要惱了，說你打趣她。」

寶玉笑道：「你放心，她自然知道。」

……晴雯聽了，只得拿了帕子往瀟湘館來。只見春纖正在欄杆上晾手帕子，見她進來，忙擺手兒說：「睡下了。」晴雯走進來，滿屋魆黑[5]，並未點燈。

黛玉已睡在床上，問是誰，晴雯忙答道：「晴雯。」

5. 魆黑——指極暗無亮光。

黛玉道：「做什麼？」

晴雯道：「二爺送手帕子來給姑娘。」

黛玉聽了心中發悶：「做什麼送手帕子來給我？」因問：「這帕子是誰送他的？必是上好的，叫他留著送別人罷，我這會子不用這個。」

晴雯笑道：「不是新的，就是家常舊的。」

林黛玉聽了越發悶住，著實細心搜求，思忖了半日，方大悟過來，連忙說：「放下，去罷。」晴雯聽了，只得放下抽身回去，一路盤算，不解何意。

……這裡林黛玉體貼出手帕子的意思來，不覺神魂馳蕩：寶玉這番苦心，能領會我這番苦意，又令我可喜；我這番苦意，不知將來如何，又令我可悲；忽然好好的送兩塊舊帕子來，若不是領會深意，單看了這帕子，又令我可笑；再想令人私相傳遞與我，又可懼；我自己每每好哭，想來也無味，又令我可愧。

如此左思右想，一時五內沸然炙起。黛玉由不得餘意綿纏，急令掌燈，也想不起嫌疑避諱等事，便向案上研墨蘸筆，便向那兩塊舊帕上走筆寫道：

《其一》眼空蓄淚淚空垂，暗洒閑拋卻為誰？
尺幅鮫綃勞解贈，叫人焉得不傷悲！

《其二》拋珠滾玉只偷潸，鎮日無心鎮日閑。
枕上袖邊難拂拭，任他點點與斑斑。

《其三》彩線難收面上珠，湘江舊跡已模糊。
窗前亦有千竿竹，不識香痕漬也無？

林黛玉還要往下寫時，覺得渾身火熱，面上作燒，走至鏡臺前，揭起錦袱一照，只見腮上通紅，自羨壓倒桃花，卻不知病由此萌起。一時方上床睡去，猶拿著那帕子思索，不在話下。

……※……※……※……

……卻說襲人來見寶釵，誰知寶釵不在園內，往她母親那裡去了，襲人便空手回來。等至二更，寶釵方回來。原來寶釵素知薛蟠情性，心中已有一半疑是薛蟠調唆了人來告寶玉的，誰知又聽襲人說出來，越發信了。究竟襲人是聽焙茗說的，那焙茗也是私心窺度，並未據實，竟認準是他說的。那薛蟠都因素日有這個名聲，其實這一次卻不是他幹的，被人生生的一口咬死是他，有口難分。

……這日，正從外頭吃了酒回來，見過母親，只見寶釵在這裡，說了幾句閒話，因問：「聽見寶兄弟吃了虧，是為什麼？」

薛姨媽正為這個不自在，見他問時，便咬著牙道：「不知好歹的冤家，都是你鬧的，你還有臉來問！」

薛蟠見說便怔了，忙問道：「我何嘗鬧什麼來著？」

薛姨媽道：「你還裝憨呢！人人都知道是你說的，還賴呢。」

薛蟠道：「人人說我殺了人，也就信了罷？」

薛姨媽道：「連你妹妹都知道是你說的，難道她也賴你不成？」

寶釵忙勸道：「媽和哥哥且別叫喊，消消停停[6]的就有個青紅皂白了。」

因向薛蟠道：「是你說的也罷，不是你說的也罷，事情也過去了，不必較證，倒把小事兒弄大了。我只勸你從此以後在外頭少去胡鬧，少管別人的事。天天一處大家胡逛，你是個不防頭[7]的人，過後沒事就罷了，倘或有事，不是你幹的，人

6. 消消停停——不慌不忙的樣子。

7. 不防頭——不注意，不留神。

人都也疑惑是你幹的。不用說別人，我先就疑惑。」

……薛蟠本是個心直口快的人，一生見不得這樣藏頭露尾的事，又見寶釵勸他不要逛去，他母親又說他犯舌，寶玉之打是他治的，早已急得亂跳，賭身發誓的分辯。

又罵眾人：「是誰這樣贓派我？我把那囚攮的[8]牙敲了才罷！分明是為打了寶玉，沒的獻勤兒，拿我來作幌子。難道寶玉是天王，他父親打他一頓，一家子定要鬧幾天？那一回為他不好，姨爹打了他兩下子，過後老太太不知怎麼知道了，說是珍大哥哥治的，好好的叫了去，罵了一頓。今兒索性拉上我了！既拉上，我也不怕，越性進去把寶玉打死了，我替他償了命，大家乾淨！」一面嚷，一面抓起一根門閂來就跑。

……慌得薛姨媽一把抓住，罵道：「作死的孽障，你打誰去？你

8. 囚攮的——罵人的話。意指囚犯的子女。

先來打我！」

薛蟠將眼急得銅鈴一般，嚷道：「何苦來！又不叫我去，又好好的賴我。將來寶玉活一日，我擔一日的口舌，不如大家死了清淨！」

寶釵忙也上來勸道：「你忍耐些兒罷。媽急得這個樣兒，你不說來勸媽，你還反鬧得這樣。別說是媽，便是旁人來勸你，也為你好，倒把你的性子勸上來了。」

薛蟠道：「妳這會子又說這話。都是妳說的！」

寶釵道：「你只怨我說你，再不怨你那顧前不顧後的形景。」

薛蟠道：「妳只會怨我顧前不顧後，妳怎麼不怨寶玉外頭招風惹草的那個樣子！別說多的，只拿前兒琪官的事比給你們聽聽：那琪官，我們見過十來次的，他並未和我說一句親熱話；怎麼前兒他見了，連姓名還不知道，就把汗巾子給他了？難道這也是我說的不成？」

薛姨媽和寶釵急得說道：「還提這個！可不是為這個打他呢？可見是你說的了。」

薛蟠道：「真真的氣死人了！賴我說的我不惱，我只惱為一個寶玉鬧得這樣天翻地覆的。」

寶釵道：「誰鬧了？你先持刀動杖[9]的鬧起來，倒說別人鬧。」

……薛蟠見寶釵說的話句句有理，難以駁正，比母親的話反難回答，因此便要設法拿話堵回她去，就無人敢攔自己的話了；也因正在氣頭上，未曾想話之輕重，便說道：「好妹妹，妳不用和我鬧，我早知道妳的心了。從先媽和我說妳有這金，要揀有玉的才可正配，妳留了心兒，見寶玉有那勞什子，妳自然如今行動護著他。」

話未說了，把個寶釵氣怔了，拉著薛姨媽哭道：「媽媽妳聽，哥哥說的是什麼話！」薛蟠見妹子哭了，便知自己冒撞了，

9. 持刀動杖——指動武。

便賭氣走到自己房裡安歇不提。

……這裡薛姨媽氣得亂戰，一面又勸寶釵道：「妳素日知那孽障說話沒道理，明兒我教他給妳陪不是。」寶釵滿心委屈氣忿，待要怎樣，又怕她母親不安，少不得含淚別了母親，各自回來，到房裡整哭了一夜。

……次日起來，也無心梳洗，胡亂整理整理，便出來瞧母親。可巧遇見林黛玉獨立在花陰之下，問她哪裡去。薛寶釵因說道「家去」，口裡說著，便只管走。黛玉見她無精打彩的去了，又見眼上有哭泣之狀，大非往日可比，便在後面笑道：「姐姐也自保重些兒。就是哭出兩缸眼淚來，也醫不好棒瘡！」不知寶釵如何答對，且聽下回分解。

◎第三五回◎

白玉釧親嘗蓮葉羹
黃金鶯巧結梅花絡

……話說寶釵分明聽見林黛玉刻薄她，因記掛著母親、哥哥，並不回頭，一逕去了。

……※……※……※……

……這裡林黛玉還自立於花陰之下，遠遠的卻向怡紅院內望著，只見李宮裁、迎春、探春、惜春並各項人等都向怡紅院內去過之後，一起一起的散盡了，只不見鳳姐兒來，心裡自己盤算道：「如何她不來瞧寶玉？便是有事纏住了，她必定也是要來打個花胡哨[1]，討老太太和太太的好兒才是。今兒這早晚不來，必有原故。」

一面猜疑，一面抬頭再看時，只見花花簇

簇的一群人又向怡紅院內來了。定眼看時，只見賈母搭著鳳姐兒的手，後頭邢夫人、王夫人跟著周姨娘並丫鬟、媳婦等人都進院去了。黛玉看了不覺點頭嘆氣，想起有父母的人的好處來，早又淚珠滿面。少頃，只見寶釵、薛姨娘等也進入去了。

忽見紫鵑從背後走來說道：「姑娘吃藥去罷，開水又冷了。」黛玉道：「妳到底要怎麼樣？只是催，我吃不吃，管妳什麼相干！」

紫鵑笑道：「咳嗽得才好了些，又不吃藥了。如今雖然是五月裡，天氣熱，到底也還該小心些。大清早起，在這個潮地方站了半日，也該回去歇息歇息了。」

一句話提醒了黛玉，方覺得有點腿酸，呆了半日，方慢慢的同紫鵑回瀟湘館來。

1.打個花胡哨——虛情假意地敷衍一下。

……一進院門，只見滿地下竹影參差，苔痕濃淡，不覺又想起《西廂記》中所云「幽僻處可有人行，點蒼苔白露泠泠」二句來，因暗暗的嘆道：「雙文，雙文[2]，誠為命薄人矣！然妳雖命薄，尚有孀母弱弟；今日林黛玉之命薄，一併連孀母弱弟俱無。古人云『佳人薄命』，然我又非佳人，何命薄勝於雙文哉！」

一面想，一面只管走，不防廊上的鸚哥兒見林黛玉來了，「嘎」的一聲撲了下來，倒嚇了一跳，因說道：「作死的，又扇了我一頭灰。」那鸚哥仍飛上架去，便叫：「雪雁，快掀簾子，姑娘來了。」

黛玉便止住步，以手扣架笑道：「添了食水不曾？」。那鸚哥便長嘆一聲，竟大似林黛玉素日吁嗟音韻，接著念道：「儂今葬花人笑痴，他年葬儂知是誰？試看春盡花漸落，便是紅顏老死時。一朝春盡紅顏老，花落人亡兩不知！」黛玉、紫鵑聽

2. **雙文**—即《西廂記》裡的崔鶯鶯，因「鶯鶯」的名字是用兩個「鶯」字疊成。

了都笑起來。

紫鵑笑道：「這都是素日姑娘念的，難為牠怎麼記來著。」黛玉便命紫鵑將架子摘下來，另掛在月洞窗外的鉤子上，於是進了屋子，在月洞窗內坐了。吃畢藥，只見窗外竹影映入紗來，滿屋內陰陰翠潤，几簟生涼。黛玉無可釋悶，便隔著紗窗調逗鸚哥作戲，又將素日所喜的詩詞也教與牠念，這且不在話下。

……※……※……※……

……且說薛寶釵來至家中，只見母親正自梳頭呢。一見她來了，便說道：「妳大清早起跑來作什麼？」

寶釵道：「我瞧瞧媽身子好不好。昨兒我去了，不知他可又過來鬧了沒有？」一面說，一面在她母親身旁坐了，由不得哭將起來。

薛姨媽見她一哭，自己撐不住也就哭了一場。一面傷心一面又勸她：「我的兒，妳別委曲了，妳等我處分他。妳要有個好歹，我指望哪一個來！」

薛蟠在外邊聽見，連忙跑了過來，對著寶釵左一個揖，右一個揖，只說：「好妹妹，恕我這一次罷！原是我昨兒吃了酒，回來得晚了，路上撞客[3]著了，來家未醒，不知胡說了什麼，連我自己也不知道，怨不得妳生氣。」

寶釵原是掩面哭的，聽如此說，由不得又好笑了，遂抬頭向地下啐了一口，說道：「你不用做這些像生兒[4]。我知道你的心裡多嫌著我們娘兒兩個，你是要變著法兒叫我們離了你，你就心淨了。」

薛蟠聽說，連忙笑道：「妹妹這話從哪裡說起來的，這叫我連立足之地都沒了。妹妹從來不是這樣多心說歪話的人。」

薛姨媽忙又接著道：「你就只會聽見你妹妹的歪話，難道昨兒

3. **撞客**——撞見死人之靈魂或禍祟邪氣、穢毒邪氣等。

4. **像生兒**——這裡指做戲似的裝模作樣，引人發笑。

晚上你說的那話就應該的不成？當真是你發昏了！」

……薛蟠道：「媽也不必生氣，妹妹也不用煩惱，從今以後我再不同他們一處吃酒閒逛如何？」

寶釵笑道：「這不明白過來了！」

薛姨媽道：「你要有這個橫勁，那龍也下蛋了。」

薛蟠道：「我若再和他們一處逛，妹妹聽見了，只管啐我，再叫我畜生，不是人，如何？何苦來，為我一個人，娘兒兩個天天操心！媽為我生氣還有可恕，若只管叫妹妹為我操心，我更不是人了。如今父親沒了，我不能多孝順媽多疼妹妹，反教娘生氣妹妹煩惱，真連個畜生也不如了！」口裡說著，眼睛裡禁不起也滾下淚來。

……薛姨媽本不哭了，聽他一說，又勾起傷心來。寶釵勉強笑道：

「你鬧夠了，這會子又招著媽哭起來了。」

薛蟠聽說，忙收了淚，笑道：「我何曾招媽哭來！罷，罷，罷，丟下這個別提了。叫香菱來倒茶妹妹吃。」

寶釵道：「我也不吃茶，等媽洗了手，我們就過去了。」

薛蟠道：「妹妹的項圈我瞧瞧，只怕該炸一炸去了。」

寶釵道：「黃澄澄的又炸它作什麼？」

薛蟠又道：「妹妹如今也該添補些衣裳，要什麼顏色、花樣，告訴我。」寶釵道：「連那些衣服我還沒穿遍呢，又做什麼？」

一時薛姨媽換了衣裳，拉著寶釵進去，薛蟠方出去了。

……這裡薛姨媽和寶釵進園子裡來瞧寶玉，到了怡紅院中，只見抱廈裡外迴廊上許多丫鬟老婆站著，便知賈母等都在這裡。母女兩個進來，大家見過了，只見寶玉躺在榻上。

薛姨媽問他可好些。寶玉忙欲欠身，口裡答應著「好些」，又說：「只管驚動姨娘、姐姐，我禁不起。」薛姨媽忙扶他睡下，又問他：「想什麼吃只管告訴我。」

寶玉笑道：「我想起來，自然和姨娘要去。」

王夫人又問：「你想什麼吃，回來好給你送來。」

寶玉笑道：「倒不想什麼吃，倒是那一回做的那小荷葉兒、小蓮蓬兒的湯還好些。」

鳳姐一旁笑道：「聽聽口味不算高貴，只是太磨牙了。巴巴的想這個吃了。」賈母便一疊聲的叫人做去。

鳳姐兒笑道：「老祖宗別急，等我想一想這模子誰收著呢。」因回頭吩咐個婆子去問管廚房的要去。那婆子去了半天回來說：「管廚房的說，四副湯模子都交上來了。」

鳳姐兒聽說，想了一想道：「我記得交上來了，就不知交給誰了，多半在茶房裡。」一面又遣人去問管茶房的，也不曾收。次後還是管金銀器皿的送了來。

……薛姨媽先接過來瞧時，原來是個小匣子，裡面裝著四副銀模子，都有一尺多長，一寸見方，上面鑿著有豆子大小，也有菊花的，也有梅花的，也有蓮蓬的，也有菱角的，共有三四十樣，打得十分精巧。因笑向賈母、王夫人道：「你們府上也都想絕了，吃碗湯還有這些樣子。若不說出來，我見這個也不認得這是做什麼用的。」

鳳姐兒也不等人說話，便笑道：「姑媽哪裡曉得，這是舊年備膳，他們想的法兒：不知弄些什麼麵印出來，借點新荷葉的清香，全仗著好湯，究竟沒意思，誰家常吃它了。那一回呈樣的作了一回，他今日怎麼想起來了。」說著接了過來，遞與個婦人，吩咐廚房裡立刻拿幾隻雞，另外添了東西，做出十來碗來。

王夫人道：「要這些做什麼？」鳳姐兒笑道：「有個原故：這一宗東西家常不大作，今兒寶兄弟提起來了，單做給他吃，老太太、姑媽、太太都不吃，似乎不大好。不如借勢兒弄些大家吃，托賴連我也上個俊兒[5]。」

賈母聽了笑道：「猴兒，把妳乖的！拿著官中的錢妳做人。」說得大家笑了。鳳姐也忙笑道：「這不相干。這個小東道我還孝敬得起。」便回頭吩咐婦人，「說給廚房裡，只管好生添補著做了，在我的帳上來領銀子。」婦人答應著去了。

寶釵一旁笑道：「我來了這麼幾年，留神看起來，鳳丫頭憑她怎麼巧，再巧不過老太太去。」

賈母聽說，便答道：「我如今老了，哪裡還巧什麼。當日我像鳳哥兒這麼大年紀，比她還來得呢。她如今雖說不如我們，也就算好了，比妳姨娘強遠了。妳姨娘可憐見的，不大說話，和木頭似的，在公婆跟前就不大顯好。鳳兒嘴乖，怎麼怨得人疼她。」

寶玉笑道：「若這麼說，不大說話的就不疼了？」

5.上個俊兒——沾點光的意思。

賈母道：「不大說話的又有不大說話的可疼之處，嘴乖的也有一宗可嫌的，倒不如不說話的好。」

寶玉笑道：「這就是了。我說大嫂子倒不大說話呢，老太太也是和鳳姐姐的一樣看待。若是單是會說話的可疼，這些姊妹裡頭也只是鳳姐姐和林妹妹可疼了。」

賈母道：「提起姊妹，不是我當著姨太太的面奉承，千真萬真，從我們家四個女孩兒算起，都不如寶丫頭。」

薛姨媽聽說，忙笑道：「這話老太太是說偏了。」

王夫人忙又笑道：「老太太時常背地裡和我說寶丫頭好，這倒不是假話。」

寶玉勾著賈母，原為讚林黛玉的，不想反讚起寶釵來，倒也意出望外，便看著寶釵一笑。寶釵早扭過頭去和襲人說話去了。

……忽有人來請吃飯，賈母方立起身來，命寶玉好生養著，又把丫頭們囑咐了一回，方扶著鳳姐兒，讓著薛姨媽，大家出房去了。因問湯好了不曾，又問薛姨媽等：「想什麼吃，只管告訴我，我有本事叫鳳丫頭弄了來咱們吃。」

薛姨媽笑道：「老太太也會慪她的。時常她弄了東西孝敬老太太，究竟又吃不了多少。」

鳳姐兒笑道：「姑媽倒別這樣說。我們老祖宗只是嫌人肉酸，若不嫌人肉酸，早已把我還吃了呢。」一句話沒說了，引得賈母、眾人都哈哈的笑起來。

……寶玉在房裡也撐不住笑了。襲人笑道：「真真的二奶奶的這張嘴怕死人！」寶玉伸手拉著襲人笑道：「妳站了這半日，可乏了？」一面說一面拉她身旁坐了。

襲人笑道：「可是又忘了。趁寶姑娘在院子裡，你和她說，煩她的鶯兒來打上幾根絡子。」

寶玉笑道：「虧妳提起來。」說著，便仰頭向窗外道：「寶姐姐，吃過飯叫鶯兒來，煩她打幾根絡子，可得閒兒？」寶釵聽見，回頭道：「怎麼不得閒，一會叫她來就是了。」賈母等尚未聽真，都止步問寶釵。寶釵說明了，大家方明白。賈母又說道：「好孩子，妳叫她來替你兄弟作幾根。妳要無人使喚，我那裡閒著的丫頭多呢，妳喜歡誰，只管叫了來使喚。」薛姨媽、寶釵等都笑道：「只管叫她來作就是了，有什麼使喚的去處。她天天也是閒著淘氣。」

……大家說著，往前正走，忽見史湘雲、平兒、香菱等在山石邊掐鳳仙花兒，見了她們走來，都迎上來了。少頃出至園外，王夫人恐賈母乏了，便欲讓至她住的上房內坐。賈母也覺腿酸，便點頭依允。王夫人便令丫頭子們忙先去鋪設座位。那時，趙姨娘推病，只有周姨娘與眾婆娘、丫頭們忙著打簾子，立靠背，鋪褥子。

賈母扶著鳳姐兒進來，與薛姨媽分賓主坐了。薛寶釵、史湘雲坐在下面。王夫人親捧了茶來奉與賈母，李宮裁奉與薛姨媽。賈母向王夫人道：「讓她們小妯娌服侍，妳在那裡坐了好說話兒。」

王夫人方向一張小杌子上坐了，便吩咐鳳姐兒道：「老太太的飯在這裡放，添了東西來。」鳳姐兒答應了出去，便命人去賈母那邊告訴，那邊的婆娘忙往外傳了，丫頭們忙趕過來。

王夫人便命請姑娘們去。

請了半天，只有探春、惜春兩個來了；迎春身上不耐煩，不吃飯；林黛玉自不消說，平素十頓飯只好吃五頓，眾人也不著意了。

……少頃飯至，眾人調放了桌子。鳳姐兒用手巾裹著一把牙箸站在地下，笑道：「老祖宗和姑媽不用讓，還聽我說就是了。」賈母笑向薛姨媽道：「我們就是這樣。」薛姨媽笑著應了。於是鳳姐放了四雙：上面兩雙是賈母、薛姨媽，兩邊是薛寶釵、史湘雲的。王夫人、李宮裁等都站在地下看著放菜。鳳姐先忙著要乾淨傢伙來，替寶玉揀菜。

……少頃，荷葉湯來，賈母看過了。王夫人回頭見玉釧兒在那邊，便令玉釧與寶玉送去。鳳姐道：「她一個人拿不去。」可巧鶯兒和喜兒都來了。寶釵知道她們已吃了飯，便向鶯兒道：「寶兄弟正叫妳去打絡子，妳們兩個一同去罷。」鶯兒答應，同著玉釧兒出來。

鶯兒道：「這麼遠，怪熱的，怎麼端了去？」

玉釧笑道：「妳放心，我自有道理。」說著，便令一個婆子來，將湯飯等類放在一個捧盒裡，命她端了跟著，她兩個卻空著手走。一直到了怡紅院門內，玉釧兒方接了過來，同鶯兒進入寶玉房中。

……襲人、麝月、秋紋三個人正和寶玉玩笑呢，見她兩個來了，都忙起來笑道：「妳兩個怎麼來得這麼碰巧，一齊來了？」一面說，一面接了下來。玉釧便向一張杌子[6]上坐了，鶯兒不敢坐下。襲人便忙端了個腳踏來，鶯兒還不敢坐。寶玉見鶯兒來了，卻倒十分歡喜；忽見了玉釧兒，便想起她姐姐金釧兒來，又是傷心，又是慚愧，便把鶯兒丟下，且和玉釧兒說話。襲人見把鶯兒不理，恐鶯兒沒好意思的，又見鶯兒不肯坐，便拉了鶯兒出來，到那邊房裡去吃茶說話兒去了。

……這裡麝月等預備了碗箸來伺候吃飯。寶玉只是不吃，問玉釧兒道：「妳母親身子好？」玉釧兒滿臉怒色，正眼也不看他，

6. 杌（音兀）子——小凳子。

半日，方說了一個「好」字。寶玉便覺沒趣，半日，只得又陪笑問道：「誰叫妳替我送來的？」

玉釧兒道：「不過是奶奶太太們！」

寶玉見她還是這樣哭喪，便知她是為金釧兒的原故；待要虛心下氣磨轉她，又見人多，不好下氣的，因而變盡方法，將人都支出去，然後又陪笑問長問短。

……那玉釧兒先雖不悅，只管見寶玉一些性子沒有，憑她怎麼喪謗[7]，還是溫存和悅，自己倒不好意思了，臉上方有三分喜色。

寶玉便笑求她：「好姐姐，妳把那湯拿了來我嘗嘗。」

玉釧兒道：「我從不會餵人東西，等她們來了再吃。」

寶玉笑道：「我不是要妳餵我。我因為走不動，妳遞給我吃了，妳好趕早兒回去交代了，妳好吃飯的。我只管耽誤時候，妳

7. 喪謗——惡聲惡氣對人說話。

豈不餓壞了？妳要懶待動，我少不得忍了疼下去取來。」說著，便要下床來，扎掙起來，禁不住噯喲之聲。

玉釧兒見了這般，忍不住，便起身說道：「躺下罷！哪世裡造了孽的，這會子現世現報！教我哪一個眼睛看得上！」一面說，一面哧的一聲又笑了，端過湯來。

……寶玉笑道：「好姐姐，妳要生氣，只管在這裡生罷，回去見了老太太、太太可放和氣些。若還這樣，妳就又挨罵了。」

玉釧兒道：「吃罷，吃罷！不用和我甜嘴蜜舌的，我可不信這些！」說著催寶玉喝了兩口湯。

寶玉故意說：「不好吃，不吃了。」

玉釧兒道：「阿彌陀佛！這還不好吃，什麼好吃？」

寶玉道：「一點味兒也沒有，妳不信嘗一嘗就知道了。」

玉釧兒果真就賭氣嘗了一嘗。寶玉笑道：「這可好吃了。」

玉釧兒聽說，方解過意來，原是寶玉哄她吃一口，便說道：「你既說不好吃，這會子說好吃也不給你吃了。」寶玉只管陪笑央求要吃，玉釧兒又不給他，一面又叫人來打發吃飯。

……丫頭方進來時，忽有人來回話：「傅二爺家的兩個嬷嬷來請安，來見二爺。」寶玉聽說，便知是通判[8]傅試家的嬷嬷來了。那傅試原是賈政的門生，歷年來都賴賈家的名勢得意，賈政也著實看顧他，與別個門生不同，他那裡常遣人來走動。

……寶玉素習最厭愚男蠢女的，今日卻如何又命這兩個婆子過來？其中原來有個原故：只因那寶玉聞得傅試有個妹子，名喚傅秋芳，也是個瓊閨秀玉，常聞人傳說才貌俱全，雖自未親睹，然遐思遙愛之心十分誠敬，不命她們進來，恐薄了傅

8. 通判——官名。宋初始於諸州府設置，即共同處理政務之意。明清設於各府，分掌糧運及農田水利等事務，職務遠較宋初為輕。清代另有州通判，稱州判。

秋芳，因此連忙命讓進來。

…那傅試原是暴發的，因傅秋芳有幾分姿色，聰明過人，那傅試安心仗著妹妹要與豪門貴族結姻，不肯輕易許人，所以耽誤到如今。目今傅秋芳年已二十三歲，尚未許人。怎奈那些豪門貴族又嫌他窮酸，根基淺薄，不肯求配。那傅試與賈家親密，也自有一段心事。今日遣來的兩個婆子偏生是極無知識的，聞得寶玉要見，進來只剛問了好，說了沒兩句話。

…那玉釧兒見生人來，也不和寶玉廝鬧了，手裡端著湯只顧聽話。寶玉又只顧和婆子說話，一面吃飯，一面伸手去要湯。兩個人的眼睛都看著人，不想伸猛了手，便將碗碰撞落，將湯潑了寶玉手上。玉釧兒倒不曾燙著，唬了一跳，忙笑道：「這是怎麼了！」慌得丫頭們忙上來接碗。

寶玉自己燙了手倒不覺得，卻只管問玉釧兒：「燙了哪裡了？疼不疼？」玉釧兒和眾人都笑了。

玉釧兒道：「你自己燙了，只管問我。」寶玉聽說，方覺自己燙了。眾人上來連忙收拾。寶玉也不吃飯了，洗手吃茶，又和那兩個婆子說了兩句話。然後兩個婆子告辭出去，晴雯等送至橋邊方回。

⋯那兩個婆子見沒人了，一行走[9]，一行談論。

這一個笑道：「怪道有人說他們家寶玉是外像好裡頭糊塗，中看不中吃的，果然竟有些呆氣。他自己燙了手，倒問人疼不疼，這可不是個呆子？」

那一個又笑道：「我前一回來，聽見他家裡許多人抱怨，千真萬真的有些呆氣。大雨淋得水雞似的，他反告訴別人『下雨了，快避雨去罷。』妳說可笑不可笑？

9. 一行——一面，一邊。

「時常沒人在跟前，就自哭自笑的；看見燕子，就和燕子說話；河裡看見了魚，就和魚說話；見了星星月亮，不是長吁短嘆，就是咕咕噥噥的。且是連一點剛性也沒有，連那些毛丫頭的氣都受得。愛惜東西，連個線頭兒都是好的；糟蹋起來，哪怕值千值萬的都不管了。」兩個人一面說，一面走出園來，辭別諸人回去，不在話下。

……如今且說襲人見人去了，便攜了鶯兒過來，問寶玉打什麼絡子[10]。

寶玉笑向鶯兒道：「才只顧說話，就忘了妳。煩妳來不為別的，卻為替我打幾根絡子。」

鶯兒道：「裝什麼的絡子？」

寶玉見問，便笑道：「不管裝什麼的，妳都每樣打幾根罷。」

鶯兒拍手笑道：「這還了得！要這樣，十年也打不完了。」

10. 絡子——用線邊結成的網狀袋。

寶玉笑道：「好姐姐，妳閒著也沒事，都替我打了罷。」

……襲人笑道：「哪裡一時都打得完，如今先揀要緊的打幾根罷。」

鶯兒道：「什麼要緊，不過是扇子、香墜兒、汗巾子。」

寶玉道：「汗巾子就好。」

鶯兒道：「汗巾子是什麼顏色的？」

寶玉道：「大紅的。」

鶯兒道：「大紅的須是黑絡子才好看，或是石青的才壓得住顏色。」

寶玉道：「松花色配什麼？」鶯兒道：「松花配桃紅。」

寶玉笑道：「這才嬌艷。再要雅淡之中帶些嬌艷。」

鶯兒道：「蔥綠柳黃是我最愛的。」

寶玉道：「也罷了，也打一條桃紅，再打一條蔥綠。」

鶯兒道：「什麼花樣呢？」

寶玉道：「共有幾樣花樣？」鶯兒道：「一炷香、朝天凳、象眼塊、方勝、連環、梅花、柳葉[11]。」

寶玉道：「前兒妳替三姑娘打的那花樣是什麼？」

鶯兒道：「那是攢心梅花。」

寶玉道：「就是那樣好。」一面說，一面叫襲人剛拿了線來，窗外婆子說「姑娘們的飯都有了。」

寶玉道：「妳們快吃了來。」

襲人笑道：「有客在這裡，我們怎好去的！」

鶯兒一面理線，一面笑道：「這話又打哪裡說起，正經快吃了來罷。」襲人等聽說，方去了，只留下兩個小丫頭聽呼喚。

…寶玉一面看鶯兒打絡子，一面說閒話，因問她「十幾歲了？」鶯兒手裡打著，一面答話說：「十六歲了。」

寶玉道：「妳本姓什麼？」鶯兒道：「姓黃。」

11.一炷香、朝天凳、象眼塊、方勝、連環、梅花、柳葉——這是各種編織圖案的名稱。
一柱香，直線形。
朝天凳，梯形。
象眼塊，菱形。
方勝，一角相疊的兩個菱形。
連環，兩個套連的圓環。

寶玉笑道：「這個名姓倒對了，果然是個黃鶯兒。」

鶯兒笑道：「我的名字本來是兩個字，叫作金鶯。姑娘嫌拗口，就單叫鶯兒，如今就叫開了。」寶玉道：「寶姐姐也算疼妳了。明兒寶姐姐出閣，少不得是妳跟去了。」鶯兒抿嘴一笑。

寶玉笑道：「我常常和襲人說，明兒不知哪一個有福的消受妳們主子奴才兩個呢。」鶯兒笑道：「你還不知道我們姑娘有幾樣世人都沒有的好處呢，模樣兒還在次。」

寶玉見鶯兒嬌憨婉轉，語笑如痴，早不勝其情了，哪禁更提起寶釵來！便問她道：「好處在那裡？好姐姐，細細的告訴我。」

鶯兒笑道：「我告訴你，你可不許又告訴她去。」寶玉笑道：「這個自然的。」

……正說著，只聽外頭說道：「怎麼這樣靜悄悄的！」二人回頭看時，不是別人，正是寶釵來了。寶玉忙讓坐。寶釵坐了，因問鶯兒一打什麼呢？」一面問，一面向她手裡去瞧，才打了半截。

寶釵笑道：「這有什麼趣兒，倒不如打個絡子把玉絡上呢。」一句話提醒了寶玉，便拍手笑道：「倒是姐姐說得是，我就忘了。只是配個什麼顏色才好？」

寶釵道：「若用雜色斷然使不得，大紅又犯了色，黃的又不起眼，黑的又過暗。等我想個法兒把那金線拿來，配著黑珠兒線，一根一根的拈上，打成絡子，這才好看。」寶玉聽說，喜之不盡，一疊聲便叫襲人來取金線。

正值襲人端了兩碗菜走進來，告訴寶玉道：「今兒奇怪，才剛太太打發人給我送了兩碗菜來。」

寶玉笑道：「必定是今兒菜多，送來給妳們大家吃的。」

襲人道：「不是，指名給我送來，還不叫我過去磕頭。這可是奇了！」

寶釵笑道：「給妳的，妳就吃了，這有什麼可猜疑的！」

襲人笑道：「從來沒有的事，倒叫我不好意思的。」

寶釵抿嘴一笑，說道：「這就不好意思了？明兒比這個更叫妳不好意思的還有呢。」

……襲人聽了話內有因，素知寶釵不是輕嘴薄舌奚落人的，自己方想起上日王夫人的意思來，便不再提，將菜與寶玉看了，說：「洗了手來拿線。」說畢，便一直的出去了。吃過飯，洗了手，進來拿金線與鶯兒打絡子。此時，寶釵早被薛蟠遣人來請出去了。

……這裡寶玉正看著打絡子，忽見邢夫人那邊遣了兩個丫鬟送了兩樣果子來與他吃，問他「可走得了？若走得動，叫哥兒明兒過來散散心，太太著實記掛著呢。」

寶玉忙道：「若走得了，必定請大太太的安去。疼得比先好些，請太太放心罷。」一面叫她兩個坐下，一面又叫秋紋來，把才拿來的那果子拿一半送與林姑娘去。

秋紋答應了，剛欲去時，只聽得黛玉在院內說話，寶玉忙叫「快請」。要知端的，且聽下回分解。

◎第三六回◎

繡鴛鴦夢兆絳芸軒　識分定[1]情悟梨香院

…話說賈母自王夫人處回來，見寶玉一日好似一日，心中自是歡喜。因怕將來賈政又叫他，遂命人將賈政的親隨小廝頭兒喚來，吩咐他「以後倘有會人待客諸樣的事，你老爺要叫寶玉，你不用上來傳話，就回他說：我說了，一則打重了，得著實將養幾個月才走得；二則他的星宿不利[2]，祭了星不見外人，過了八月才許出二門。」那小廝頭兒聽了，領命而去。賈母又命李嬤嬤、襲人等來，將此話說與寶玉，使他放心。

…那寶玉本就懶與士大夫諸男人接談，又

最厭峨冠[3]禮服、賀弔往還等事，今日得了這句話，越發得了意，不但將親戚朋友一概杜絕了，而且連家庭中晨昏定省亦發都隨他的便了。日日只在園中遊臥，不過每日一清早到賈母、王夫人處走走就回來了，卻每每甘心為諸丫鬟充役，竟也得十分閒消日月。

或如寶釵輩有時見機導勸，反生起氣來，只說：「好好的一個清淨潔白女兒，也學得釣名沽譽，入了國賊祿鬼之流。這總是前人無故生事，立言豎辭，原為導後世的鬚眉濁物。不想我生不幸，亦且瓊閨繡閣中亦染此風，真真有負天地鐘靈毓秀之德！」因此禍延古人，除《四書》外，竟將別的書焚了。眾人見他如此瘋癲，也都不向他說這些正經話了。獨有林黛玉自幼不曾勸他去立身揚名等話，所以深敬黛玉。

……※……※……※……

1. 分定——命中注定的緣分。

2. 星宿不利——舊時星相術士等，用生辰八字，按天上星宿的運數，來推算人的祿命和吉凶禍福，遇有不吉利的事，認為是相應的星宿不吉利之故，就需祭星消災。

3. 峨冠——高冠。

…閒言少述。如今且說鳳姐自見金釧兒死後，忽見幾家僕人常來孝敬她些東西，又不時的來請安奉承她，自己倒生了疑惑，不知何意。

這日，又見人來孝敬她東西，因晚間無人時笑問平兒道：「這幾家人不大管我的事，為什麼忽然這麼和我貼近？」

平兒冷笑道：「奶奶連這個都想不起來了？我猜他們的女兒都必是太太房裡的丫頭，如今太太房裡有四個大的，一個月一兩銀子的分例，下剩的都是一個月幾百錢的。如今金釧兒死了，必定他們要弄這兩銀子的巧宗兒[4]呢。」

鳳姐聽了笑道：「是了，是了，倒是妳提醒了。我看這人也太不知足，錢也賺夠了，苦事情又侵不著，弄個丫頭搪塞著身子也就罷了，又還想這個。也罷了，他們幾家的錢容易也不能花到我跟前，這是他們自尋的，送什麼來我就收什麼，橫豎我有主意。」鳳姐兒安下這個心，所以自管遷延著，等那些

4. 巧宗兒——好運氣，難逢的巧事。

人把東西送足了，然後乘空方回王夫人。

……這日午間，薛姨媽母女兩個與林黛玉等正在王夫人房裡大家吃西瓜，鳳姐兒得便回王夫人道：「自從玉釧姐姐死了，太太跟前少著一個人。太太或看準了哪個丫頭好，就吩咐，下月好發放月錢的。」

王夫人聽了，想了一想道：「依我說，什麼是例，必定四個五個的，夠使就罷了，竟可以免了罷。」

鳳姐笑道：「論理，太太說的也是。只是這原是舊例，別人屋裡還有兩個呢，太太倒不按例了。況且省下一兩銀子也有限。」

王夫人聽了，又想一想道：「也罷，這個分例只管關了來，不用補人，就把這一兩銀子給她妹妹玉釧兒罷。她姐姐服侍了我一場，沒個好結果，剩下她妹妹跟著我，吃個雙分子也不為過逾了。」

鳳姐答應著，回頭找玉釧兒笑道：「大喜，大喜！」玉釧兒過來磕了頭。

王夫人問道：「正要問妳，如今趙姨娘、周姨娘的月例多少？」

鳳姐道：「那是定例，每人二兩。趙姨娘有環兄弟的二兩，共是四兩，另外四串錢。」

王夫人道：「可都按數給她們？」

鳳姐見問得奇，忙道：「怎麼不按數給！」

王夫人道：「前兒我恍惚聽見有人抱怨，說短了一吊錢，是什麼原故？」

鳳姐忙笑道：「姨娘們的丫頭，月例原是人各一吊。從舊年他們外頭商議的，姨娘們每位的丫頭分例減半，人各五百錢，每位兩個丫頭，所以短了一吊錢。這也抱怨不著我，我倒樂得給她們呢，他們外頭又扣著，難道我添上不成？

「這個事我不過是接手兒，怎麼來，怎麼去，由不得我作主。

我倒說了兩三回，仍舊添上這兩分的。為是他們說只有這個項數，叫我也難再說了。如今我手裡每月連日子都不錯給她們呢。先時在外頭關，哪個月不打飢荒，何曾順順溜溜的得過一遭兒？」王夫人聽說，也就罷了。半日，又問：「老太太屋裡幾個一兩的？」

鳳姐道：「八個。如今只有七個，那一個是襲人。」

王夫人道：「這就是了。你寶兄弟也並沒有一兩的丫頭，襲人還算是老太太房裡的人。」

鳳姐笑道：「襲人原是老太太的人，不過給了寶兄弟使。她這一兩銀子還在老太太的丫頭分例上領。如今說因為襲人是寶玉的人，裁了這一兩銀子，斷然使不得。若說再添一個人給老太太，這個還可以裁她的。若不裁她的，須得環兄弟屋裡也添上一個才公道均勻了。就是晴雯、麝月等七個大丫頭，每月人各月錢一吊，佳蕙等八個小丫頭，每月人各月錢五百，還是老太太的話，別人如何惱得氣得呢？」

薛姨媽笑道：「你們只聽鳳丫頭的嘴，倒像倒了核桃車子似的，只聽她的賬也清楚，理也公道。」

鳳姐笑道：「姑媽，難道我說錯了不成？」

薛姨媽笑道：「說得何嘗錯，只是妳慢些說豈不省力。」鳳姐才要笑，忙又忍住了，聽王夫人示下。

……王夫人想了半日，向鳳姐兒道：「明兒挑一個好丫頭送去老太太使，補襲人，把襲人的一分裁了。把我每月的月例二十兩銀子裡拿出二兩銀子一吊錢來給襲人。以後凡事有趙姨娘周姨娘的，也有襲人的，只是襲人的這一分都從我的分例上勻出來，不必動官中的就是了。」

鳳姐一一答應了，笑推薛姨媽道：「姑媽聽見了，我素日說的話如何？今兒果然應了我的話。」

……薛姨媽道：「早就該如此。模樣兒自然不用說的，她的那一種行事大方，說話見人和氣裡頭帶著剛硬要強，這個實在難得。」

王夫人含淚說道：「妳們那裡知道襲人那孩子的好處，比我的寶玉強十倍。寶玉果然是有造化的，能夠得她長長遠遠的服侍他一輩子，也就罷了。」

鳳姐道：「既這麼樣，就開了臉，明放她在屋裡豈不好？」

王夫人道：「那就不好了，一則都年輕，二則老爺也不許，三則那寶玉見襲人是個丫頭，縱有放縱的事，倒能聽她的勸，如今作了跟前人[5]，那襲人該勸的也不敢十分勸了。如今且渾著，等再過二三年再說。」

……說畢半日，鳳姐見無話，便轉身出來。剛至廊檐上，只見有幾個執事的媳婦子正等她回事呢，見她出來都笑道：「奶奶

5. 跟前人——這裡指被收作妾的丫鬟。

今兒回什麼事，說了這半天？可是要熱著了。」

鳳姐把袖子挽了幾挽，跐[6]著那角門的門檻子，笑道：「這裡過門風倒涼快，吹一吹再走。」又告訴眾人道：「妳們說我回了這半日的話，太太把二百年的事都想起來問我，難道我不說罷？」

又冷笑道：「我從今以後倒要幹幾樣尅毒事了。抱怨給太太聽，我也不怕。糊塗油蒙了心，爛了舌頭，不得好死的下作東西，別作娘的春夢！明兒一裏腦子[7]扣的日子還有呢。如今才知了丫頭的錢，就抱怨了咱們。也不想一想自己是奴幾[8]，也配使兩三個丫頭！」一面罵一面方走了，自去挑人回賈母話去，不在話下。

……※……※……※……

……卻說王夫人等這裡吃畢西瓜，又說了一會閒話，各自方散

6.跐—腳尖著地踩踏。

7.一裏腦子—同「一股腦兒」。

8.奴幾—奴才輩。幾，指排列、輩分。

去。寶釵與黛玉等回至園中，寶釵因約黛玉往藕香榭去，黛玉回說立刻要洗澡，便各自散了。

……寶釵獨自行來，順路進了怡紅院，意欲尋寶玉談談以解午倦。不想一入院來，鴉雀無聞，一併連兩隻仙鶴在芭蕉下都睡著了。寶釵便順著遊廊來至房中，只見外間床上橫三豎四都是丫頭們睡覺。轉過十錦槅子，來至寶玉的房內。寶玉在床上睡著了，襲人坐在身旁，手裡做針線，旁邊放著一柄白犀麈[9]。

寶釵走近前來，悄悄的笑道：「妳也過於小心了，這個屋裡哪裡還有蒼蠅、蚊子，還拿蠅帚子趕什麼？」

襲人不防，猛抬頭見是寶釵，忙放下針線起身，悄悄笑道：「姑娘來了，我倒也不防，嚇了一跳。姑娘不知道，雖然沒有蒼蠅蚊子，誰知有一種小蟲子，從這紗眼裡鑽進來，人也看不

9. **白犀麈**——一種精緻貴重的拂麈。麈，鹿的一種。

見，只睡著了，咬一口，就像螞蟻叮的。」

寶釵道：「怨不得。這屋子後頭又近水，又都是香花兒，這屋子裡頭又香。這種蟲子都是花心裡長的，聞香就撲。」

……說著，一面又瞧她手裡的針線，原來是個白綾紅裡的兜肚，上面扎著鴛鴦戲蓮的花樣，紅蓮綠葉，五色鴛鴦。

寶釵道：「噯喲，好鮮亮活計！這是誰的，也值得費這麼大工夫？」襲人向床上努嘴兒。

寶釵笑道：「這麼大了，還帶這個？」

襲人笑道：「他原是不肯帶，所以特特的做得好了，叫他看見由不得不帶。如今天氣熱，睡覺都不留神，哄他帶上了，便是夜裡縱蓋不嚴些兒，也就不怕了。妳說這一個就用了工夫，還沒看見他身上現帶的那一個呢。」

寶釵笑道：「也虧妳耐煩。」

襲人道：「今兒做的工夫大了，脖子低得怪酸的。」又笑道：「好姑娘，妳略坐一坐，我出去走走就來。」說著便走了。

……寶釵只顧看著活計，便不留心一蹲身，剛剛的也坐在襲人方才坐的所在，因又見那活計實在可愛，不由得拿起針來替她代刺。

……不想林黛玉因遇見史湘雲約她來與襲人道喜，二人來至院中，見靜悄悄的，湘雲便轉身先到廂房裡去找襲人。林黛玉卻來至窗外，隔著紗窗往裡一看，只見寶玉穿著銀紅紗衫子，隨便睡著在床上，寶釵坐在身旁做針線，旁邊放著蠅帚子。林黛玉見了這個景況，連忙把身子一藏，手捂著嘴不敢笑出來，招手兒叫湘雲。湘雲一見她這般光景，只當有什麼新聞，忙也來一看，也要笑時，忽然想起寶釵素日待她厚道，便忙掩住口。知道林黛玉口裡不讓人，怕她言語之中取笑，便忙拉過她來道：「走罷。我想起襲人來，她說午間要到池子裡去洗衣裳，想必去了，咱們那裡找她去。」林黛玉心下明白，冷笑了兩聲，只得隨她走了。

……這裡寶釵只剛做了兩三個花瓣兒，忽見寶玉在夢中喊罵說：「和尚、道士的話如何信得？什麼是『金玉姻緣』，我偏說是『木石姻緣』！」薛寶釵聽了這話不覺怔了。

忽見襲人走進來笑道：「還沒有醒呢？」寶釵搖頭。襲人又笑道：「我才碰見林姑娘、史大姑娘，她們可曾進來？」

寶釵道：「沒見她們進來。」

因向襲人笑道：「她們沒告訴你什麼話？」

襲人笑道：「左不過是她們那些頑話，有什麼正經說的。」

寶釵笑道：「今兒她們說的可不是頑話，我正要告訴妳呢，妳又忙忙的出去了。」

一句話未完，只見鳳姐兒打發人來叫襲人。寶釵笑道：「就是為那話了。」襲人只得喚起兩個丫鬟來，一同寶釵出怡紅院，自往鳳姐這裡來。果然是告訴她這話，又叫她與王夫人叩頭，且不必見賈母去，倒把襲人不好意思的。見過王夫人急忙回來，寶玉已醒了，問起原故，襲人且含糊答應，至夜間人靜，襲人方告訴。

……寶玉喜不自禁，又向她笑道：「我可看妳回家去不去了！那一回往家裡走了一趟，回來就說妳哥哥要贖妳，又說在這裡沒著落，終久算什麼，說了那麼些無情無義生分的話嚇我。從今以後，我可看誰敢來叫妳去！」

襲人聽了便冷笑道：「你倒別這麼說。從此以後我是太太的人了，我要走連你也不必告訴，只回了太太就走。」

寶玉笑道：「就便算我不好，妳回了太太竟去了，叫別人聽見說我不好，妳去了妳也沒意思。」

襲人笑道：「有什麼沒意思，難道做了強盜賊，我也跟著罷。再不然，還有一個死呢。人活百歲，橫豎要死，這一口氣不在，聽不見看不見就罷了。」

……寶玉聽見這話，便忙摀她的嘴說道：「罷，罷，罷，不用說這些話了。」

襲人深知寶玉性情古怪，聽見奉承吉利話，又厭虛而不實，聽了這些盡情實話，又生悲感，便悔自己說冒撞了，連忙笑著用話截開，只揀那寶玉素喜談者問之。先問他春風秋月，再談及粉淡脂瑩，然後談到女兒如何好，不覺又談到女兒死，襲人忙掩住口。

……寶玉談至濃快時，見她不說了，便笑道：「人誰不死，只要死得好。那些個鬚眉濁物，只知道文死諫，武死戰，這二死是大丈夫死名死節，究竟何如不死的好！必定有昏君他方諫，他只顧邀名，猛拚一死，將來棄君於何地？必定有刀兵他方戰，猛拚一死，他只顧圖汗馬之名，將來棄國於何地？所以這皆非正死。」

襲人道：「忠臣良將，出於不得已他才死。」

寶玉道：「那武將不過仗血氣之勇，疏謀少略，他自己無能，送了性命，這難道也是不得已！那文官更不可比武將了，他念兩句書窩在心裡，若朝廷少有疵瑕，他就胡談亂勸，只顧他邀忠烈之名，濁氣一湧，即時拚死，這難道也是不得已？「還要知道，那朝廷是受命於天，他不聖不仁，那天也斷斷不把這萬幾重任與他了。可知那些死的都是沽名，並不知大義。比如我此時若果有造化，該死於此時的，如今趁妳們在，我就死了。再能夠妳們哭我的眼淚流成大河，把我的屍首漂起來，送到那鴉雀不到的幽僻之處，隨風化了，自此再不要托生為人，就是我死的得時了。」襲人忽見說出這些瘋話來，忙說睏了，不理他。那寶玉方合眼睡著，至次日，也就丟開了。

※……※……※

……一日，寶玉因各處遊得煩膩，便想起《牡丹亭》曲來，自己看了兩遍，猶不愜懷，因聞得梨香院的十二個女孩子中有小旦齡官最是唱得好，因著意出角門來找時，只見寶官、玉官都在院內，見寶玉來了，都笑嘻嘻的讓坐。

寶玉因問「齡官在那裡？」眾人都告訴他說：「在她房裡呢。」寶玉忙至她房內，只見齡官獨自倒在枕上，見他進來，文風不動。

寶玉素習與別的女孩子玩慣了的，只當齡官也同別人一樣，因進前來身旁坐下，又陪笑央她起來唱「裊晴絲」一套[10]。不想齡官見他坐下，忙抬身起來躲避，正色說道：「嗓子啞了。前兒娘娘傳進我們去，我還沒有唱呢。」

寶玉見她坐正了，再一細看，原來就是那日薔薇花下劃「薔」字那一個。又見如此景況，從來未經過這番被人棄厭，自己便訕訕的紅了臉，只得出來了。

……寶官等不解何故，因問其所以。寶玉便說了出來。寶官便說道：「只略等一等，薔二爺來了叫她唱，是必唱的。」寶玉聽了，心下納悶，因問：「薔哥兒哪去了？」

寶官道：「才出去了，一定還是齡官要什麼，他去變弄去了。」

寶玉聽了以為奇特。少站片時，果見賈薔從外頭來了，手裡又

10. 裊晴絲——「裊晴絲」是《牡丹亭・驚夢》中第一支曲《步步嬌》的首三字。此處代指《驚夢》一齣的曲子。

提著個雀兒籠子，上面紮著個小戲台，並一個雀兒，興興頭頭往裡走著找齡官。見了寶玉，只得站住。

寶玉問他：「是個什麼雀兒？會銜旗串戲台？」

賈薔笑道：「是個玉頂金豆[11]。」

寶玉道：「多少錢買的？」賈薔道：「一兩八錢銀子。」一面說，一面讓寶玉坐，自己往齡官房裡來。

…寶玉此刻把聽曲子的心都沒了，且要看他和齡官是怎樣。

只見賈薔進去笑道：「妳起來，瞧這個玩意兒。」齡官起身問：「是什麼？」，賈薔道：「買了個雀兒妳頑，省得天天悶悶的沒個開心。我先玩個妳看。」說著，便拿些穀子哄得那個雀兒在戲台上亂串，銜鬼臉旗幟。

眾女孩子都笑道「有趣！」，獨齡官冷笑了兩聲，賭氣仍睡去了。

11. 玉頂金豆——似雀而小，紅頂。

…賈薔還只管陪笑，問她好不好。齡官道：「你們家把好好的人弄了來，關在這牢坑裡學這個勞什子還不算，你這會子又弄個雀兒來，也偏生幹這個。你分明是弄了牠來打趣形容我們，還問我好不好。」

賈薔聽了不覺慌起來，連忙賭身立誓。又道：「今兒我哪裡的香脂油蒙了心！費一二兩銀子買牠來，原說解悶，就沒有想到這上頭。罷，罷，放了生，免免妳的災病。」說著，果然將雀兒放了，一頓把將籠子拆了。

齡官還說：「那雀兒雖不如人，他也有個老雀兒在窩裡，你拿了牠來弄這個勞什子也忍得！今兒我咳嗽出兩口血來，太太叫大夫來瞧，不說替我細問問，你且弄這個來取笑。偏生我這沒人管沒人理的，又偏病。」說著又哭起來。

賈薔忙道：「昨兒晚上我問了大夫，他說不相干。他說吃兩劑藥，後兒再瞧。誰知今兒又吐了。這會子請他去。」說著，便要請去。齡官又叫「站住！這會子大毒日頭地下，你賭氣子去請了來我也不瞧。」賈薔聽如此說，只得又站住。

……寶玉見了這般景況，不覺痴了，這才領會了劃「薔」的深意。自己站不住，也抽身走了。賈薔一心都在齡官身上，也不顧送，倒是別的女孩子送了出來。

……那寶玉一心裁奪盤算，痴痴的回至怡紅院中，正值林黛玉和襲人坐著說話兒呢。寶玉一進來，就和襲人長嘆，說道：「我昨晚上的話竟錯了，怪道老爺說我是『管窺蠡測』。昨夜說妳們的眼淚單葬我，這就錯了。我竟不能全得了。從此後只是各人各得眼淚罷了。」

襲人昨夜不過是些頑話，已經忘了，不想寶玉今又提起來，便笑道：「你可真真有些瘋了。」寶玉默默不對，自此，深悟人生情緣各有分定，只是每每暗傷「不知將來葬我洒淚者為誰？」此皆寶玉心中所懷，也不可十分妄擬。

……且說林黛玉當下見了寶玉如此形象，便知是又從哪裡著了魔來，也不便多問，因向他說道：「我才在舅母跟前聽見，明兒是薛姨媽的生日，叫我順便來問你出去不出去。你打發人前頭說一聲去。」

寶玉道：「上回連大老爺的生日我也沒去，這會子我又去，倘或碰見了人呢？我一概都不去。這麼怪熱的，又穿衣裳，我不去姨媽也未必惱我。」

襲人忙道：「這是什麼話？她比不得大老爺。這裡又住得近，又是親戚，你不去豈不叫她思量。你怕熱，只清早起到那裡磕個頭，吃鍾茶再來，豈不好看。」

寶玉未說話，黛玉便先笑道：「你看人家趕蚊子的分上，也該去走走。」寶玉不解，忙問：「什麼趕蚊子？」襲人便將昨日睡覺無人作伴，寶姑娘坐了一坐的話說了出來。

寶玉聽了忙說：「不該。我怎麼睡著了，褻瀆了她。」一面又說：「明日必去。」

……正說著，忽見史湘雲穿得齊齊整整走來辭說家裡打發人來接她。寶玉、黛玉聽說，忙站起來讓坐。史湘雲也不坐，寶、林兩個只得送她至前面。那史湘雲只是眼淚汪汪的，見有她家人在跟前，又不敢十分委屈。

少時，薛寶釵趕來，愈覺繾綣難捨。還是寶釵心內明白，她家人若回去告訴了她嬸娘，待她家去又恐受氣，因此倒催她走了。眾人送至二門前，寶玉還要往外送，倒是湘雲攔住了。

一時回身又叫寶玉到跟前，悄悄的囑道：「便是老太太想不起我來，你時常提著，打發人接我去。」寶玉連連答應了。眼看著她上車去了，大家方才進來。要知端的，且聽下回分解。

◎第三七回◎

秋爽齋偶結海棠社
蘅蕪苑夜擬菊花題

……這年賈政又點了學差[1]，擇於八月二十日起身。是日拜過宗祠及賈母起身，寶玉諸子弟等送至洒淚亭。

……卻說賈政出門去後，外面諸事不能多記。單表寶玉每日在園中任意縱性的逛蕩，真把光陰虛度，歲月空添。這日正無聊之際，只見翠墨進來，手裡拿著一副花箋送與他。寶玉因道：「可是我忘了，才說要瞧瞧三妹妹去的，可好些了？妳偏走來。」翠墨道：「姑娘好了，今兒也不吃藥了，不過是涼著了一點兒。」

寶玉聽說，便展開花箋看時，上面寫道：

娣[2]探謹奉：

二兄文几：前夕新霽，月色如洗，因惜清景[3]難逢，詎忍就臥。時漏已三轉，猶徘徊於桐檻[4]之下，未防風露所欺，致獲採薪之患[5]。昨蒙親勞撫囑，又復數遣侍兒問切，兼以鮮荔並真卿墨跡見賜，何痌瘝[6]惠愛之深哉耶！今因伏几憑床處默之時，忽思及歷來古人處名攻利敵之場，猶置一些山滴水[7]之區，遠招近揖，投轄攀轅[8]，務結二三同志者盤桓於其中，或豎詞壇，或開吟社，雖一時之偶興，遂成千古之佳談。娣雖不才，竊同叨栖處於泉石之間，而兼慕薛林之技。風庭月榭，惜未宴集詩人；帘杏溪桃，或可醉飛吟盞[9]。孰謂蓮社[10]之雄才，獨許鬚眉；直以東山[11]之雅會，讓余脂粉。若蒙棹雪而來[12]，娣則掃花以待。此謹奉。

1.學差—即「學政」，全稱「提督學政」，朝廷派往各省掌管科舉學校等事的官員。

2.娣—女弟，義同「妹」。

3.清景—清明的月色。

4.桐檻—旁植梧桐樹的窗下或長廊邊的欄杆。

5.採薪之患—意思是有病不能打柴，見《孟子・公孫丑下》，後用作自稱有病的婉辭。

6.痌瘝（音通關）—這裡探春用以表示寶玉對自己生病的關切。痌，痛。瘝，病。

7.些山滴水—供玩賞的

寶玉看了，不覺喜的拍手笑道：「倒是三妹妹的高雅，我如今就去商議。」一面說，一面就走，翠墨跟在後面。

…剛到了沁芳亭，只見園中後門上值日的婆子手裡拿著一個字帖走來，見了寶玉便迎上去，口內說道：「芸哥兒請安，在後門口等著呢，叫我送來的。」寶玉打開看時，寫道是：

不肖男芸恭請

父親大人萬福金安。男思自蒙天恩，認於膝下，日夜思一孝順，竟無可孝順之處。前因買辦花草，上托大人金福，竟認得許多花兒匠，並認得許多名園。前因忽見有白海棠一種，不可多得。故變盡方法，只弄得兩盆。大人若視男是親男一般，便留下賞玩。因天氣暑熱，恐園中姑娘們不便，故不敢面見。

小巧的盆景山水之類。這裡指園林泉石。

8.投轄攀轅——極言留客之殷切。**轄**，穿在車軸頭上使輪子不致脫落的零件。**投轄**，《漢書·陳遵記》記陳遵嗜酒好客，宴飲時常將客人的車轄投入井中，使客人不得離去。**攀轅**，牽挽住車轅子不讓走。

9.醉飛吟盞——飲酒賦詩。**飛**，形容舉杯。**吟盞**，等於說「增添詩興的酒杯」。

10.蓮社——東晉名僧慧遠居廬山虎溪東林寺所結成的一個文社，因寺內有白蓮，故稱蓮社。

奉書恭啟，並叩

台安

男芸 跪書

寶玉看了笑問道：「獨他來了？還有什麼人？」

婆子道：「還有兩盆花兒。」

寶玉道：「妳出去說，我知道了，難為他想著。妳便把花兒送到我屋裡去就是了。」一面說，一面同翠墨往秋爽齋來，只見寶釵、黛玉、迎春已都在那裡了。

……眾人見他進來，都笑說道：「又來了一個。」

探春笑道：「我不算俗，偶然起了個念頭，寫了幾個帖兒試一試，誰知一招皆到。」

寶玉笑道：「可惜遲了，早該起個社的。」

11.東山——東晉時謝安曾隱居東山，在今浙江會稽，常邀集友人在此遨遊山水，吟詩作文。

12.棹雪而來——即乘興而來。《世說新語・任誕》記述王子猷冒雪夜乘小船訪戴安道，剛到門口就回轉了。人家問他為什麼，他說：「吾本乘興而行，興盡而返，何必見戴。」

黛玉道：「你們只管起社，可別算我，我是不敢的。」

迎春笑道：「妳不敢誰還敢呢！」

寶玉道：「這是一件正經大事，大家鼓舞起來，不要妳謙我讓的。各有主意自管說出來大家平章[13]。寶姐姐也出個主意，林妹妹也說個話兒。」

寶釵道：「你忙什麼！人還不全呢。」

……一語未了，李紈也來了，進門笑道：「雅得緊！要起詩社，我自薦我掌壇。前兒春天我原有這個意思的。我想了一想，我又不會作詩，瞎亂些什麼，因而也就忘了，就沒有說得。既是三妹妹高興，我就幫妳作興起來。」

……黛玉道：「既然定要起詩社，咱們都是詩翁了，先把這些姊妹叔嫂的字樣改了才不俗。」

13.平章──品評，議論。

李紈道：「極是，何不大家起個別號，彼此稱呼則雅。我是定了『稻香老農』，再無人占的。」

探春笑道：「我就是『秋爽居士』罷。」

寶玉道：「居士、主人到底不恰，且又累贅。這裡梧桐、芭蕉盡有，或指梧桐、芭蕉起個倒好。」

探春笑道：「有了，我最喜芭蕉，就稱『蕉下客』罷。」眾人都道別致有趣。

黛玉笑道：「你們快牽了她去，燉了脯子吃酒。」眾人不解。

黛玉笑道：「你們不知，古人曾云『蕉葉覆鹿』[14]。她自稱『蕉下客』，可不是一隻鹿了？快做了鹿脯來。」眾人聽了，都笑起來。

……探春因笑道：「妳別忙使巧話來罵人，我已替妳想了個極當的美號了。」又向眾人道：「當日娥皇、女英洒淚在竹上成

14. 蕉葉覆鹿——記述鄭國有個樵夫打死了一隻鹿，恐人看見，急忙藏在無水池中，覆之蕉，那知過後忘了所藏之處，便以為是一場夢，後常用「蕉鹿」比喻世事變幻。這裡只是取蕉下有鹿的字面意思來打趣。

斑，故今斑竹又名湘妃竹。如今她住的是瀟湘館，她又愛哭，將來她想林姐夫，那些竹子也是要變成斑竹的。以後都叫她作『瀟湘妃子』就完了。」大家聽說，都拍手叫妙。林黛玉低了頭，方不言語。

李紈笑道：「我替薛大妹妹也早已想了個好的，也只三個字。」惜春、迎春都問是什麼。李紈道：「我是封她『蘅蕪君』了，不知妳們以為如何？」

探春笑道：「這個封號極好。」

寶玉道：「我呢？妳們也替我想一個。」

寶釵笑道：「你的號早有了，『無事忙』三字恰當得很。」

李紈道：「你還是你的舊號『絳洞花主』就好。」

寶玉笑道：「小時候幹的營生，還提他作什麼。」

探春道：「你的號多得很，又起什麼。我們愛叫你什麼，你就答應著就是了。」

寶釵道：「還得我送你個號罷。有最俗的一個號，卻於你最當。天下難得的是富貴，又難得的是閒散，這兩樣再不能兼有，不想你兼有了，就叫你『富貴閒人』也罷了。」

寶玉笑道：「當不起，當不起！倒是隨妳們混叫去罷。」

…李紈道：「二姑娘、四姑娘起個什麼號？」

迎春道：「我們又不大會詩，白起個號做什麼？」

探春道：「雖如此，也起個才是。」

寶釵道：「她住的是紫菱洲，就叫她『菱洲』；四丫頭在藕香榭，就叫她『藕榭』就完了。」

…李紈道：「就是這樣好。但序齒[15]我大，你們都要依我的主意，管保說了大家合意。我們七個人起社，我和二姑娘、四姑娘都不會作詩，須得讓出我們三個人去。我們三個各分一

15. 序齒——以齒（表年齡）為序。按年齡大小定宴會席次或飲酒次序。

件事。」

探春笑道：「已有了號，還只管這樣稱呼，不如沒有了。以後錯了，也要立個罰約才好。」

李紈道：「立定了社，再定罰約。我那裡地方大，竟在我那裡作社。我雖不能作詩，這些詩人竟不厭俗客，我作個東道主人，我自然也清雅起來了。若是要推我作社長，我一個社長自然不夠，必要再請兩位副社長，就請菱洲、藕榭二位學究來，一位出題限韻，一位謄錄監場。

「亦不可拘定了我們三個人不作，若遇見容易些的題目韻腳，我們也隨便作一首。你們四個卻是要限定的。若如此便起，若不依我，我也不敢附驥[16]了。」迎春、惜春本性懶於詩詞，又有薛林在前，聽了這話便深合己意，二人皆說「極是」。

⋯探春等也知此意，見她二人悅服，也不好強，只得依了。

16.附驥——古有「蒼蠅附驥尾而致千里」之說，比喻依附他人而成名。驥，好馬，比喻有才德的人。

因笑道：「這話也罷了，只是自想好笑，好好的我起了個主意，反叫你們三個來管起我來了。」

寶玉道：「既這樣，咱們就往稻香村去。」

李紈道：「都是你忙，今日不過商議了，等我再請。」

寶釵道：「也要議定幾日一會才好。」

探春道：「若只管會得多，又沒趣了。一月之中，只可兩三次才好。」

寶釵點頭道：「一月只要兩次就夠了。擬定日期，風雨無阻。除這兩日外，倘有高興的，她情願加一社的，或情願到她那裡去，或附就了來，亦可使得，豈不活潑有趣。」

眾人都道：「這個主意更好。」

……探春道：「只是原係我起的意，我須得先作個東道主人，方不負我這興。」

李紈道：「既這樣說，明日妳就先開一社如何？」

探春道：「明日不如今日，此刻就很好。妳就出題，菱洲限韻，藕榭監場。」

迎春道：「依我說，也不必隨一人出題限韻，竟是拈鬮公道。」

李紈道：「方才我來時，看見他們抬進兩盆白海棠來，倒是好花。你們何不就詠起他來？」

迎春道：「都還未賞，先倒作詩。」

寶釵道：「不過是白海棠，又何必定要見了才作。古人的詩賦，也不過都是寄興寫情耳。若都是等見了才作，如今也沒這些詩了。」

……迎春道：「既如此，待我限韻。」說著，走到書架前抽出一本詩來，隨手一揭，這首竟是一首七言律，遞與眾人看了，都該作七言律。迎春掩了詩，又向一個小丫頭道：「妳隨口說一個字來。」那丫頭正倚門立著，便說了個『門』字。

迎春笑道：「就是門字韻，『十三元』了。頭一個韻定要這『門』字。」說著，又要了韻牌匣子過來，抽出「十三元」一屜，又命那小丫頭隨手拿四塊。那丫頭便拿了「盆」「魂」「痕」「昏」四塊來。

寶玉道：「這『盆』『門』兩個字不大好作呢！」侍書一樣預備下四份紙筆，便都悄然各自思索起來。獨黛玉或撫梧桐，或看秋色，或和丫鬟們嘲笑。迎春又命丫鬟炷了一支「夢甜香」。原來這「夢甜香」只有三寸來長，有燈草粗細，以其易燼，故以此燼為限，如香燼未成便要罰。

一時探春便先有了，自提筆寫出，又改抹了一回，遞與迎春。因問寶釵：「蘅蕪君，妳可有了？」

寶釵道：「有卻有了，只是不好。」

寶玉背著手，在迴廊上踱來踱去，因向黛玉說道：「妳聽，她們都有了。」

黛玉道：「你別管我。」

寶玉又見寶釵已謄寫出來，因說道：「了不得！香只剩了一寸了，我才有了四句。」又向黛玉道：「香快完了，只管蹲在那潮地下作什麼？」黛玉也不理。

寶玉道：「我可顧不得妳了，好歹也寫出來罷。」說著，也走在案前寫了。

……李紈道：「我們要看詩了，若看完了，還不交卷是必罰的。」

寶玉道：「稻香老農雖不善作卻善看，又最公道，妳就評閱優劣，我們都服的。」

眾人都道：「自然。」於是先看探春的稿上寫道是：

詠白海棠 限門盆魂痕昏

斜陽寒草帶重門[17]，苔翠盈鋪雨後盆。

17.「斜陽」句——
寒草，經霜的衰草。
帶，連接。
重門，一層層院門。

18.「芳心」二句——
芳心，指女子的情意，此喻花蕊。
月有痕，指白海棠在月光下的投影。

19.「欲償」二句——
白帝，古代神話傳說中五帝之一，掌管西方之玉是精神難比潔，雪為肌骨易銷魂。
芳心一點嬌無力，倩影三更月有痕。[18]
莫謂縞仙能羽化，多情伴我詠黃昏。

大家看了，稱賞一回。又看寶釵的是：

珍重芳姿晝掩門，自攜手甕灌苔盆。
胭脂洗出秋階影，冰雪招來露砌魂。
淡極始知花更艷，愁多焉得玉無痕。
欲償白帝憑清潔，不語婷婷日又昏。[19]

李紈笑道：「到底是蘅蕪君。」說著又看寶玉的，道是：

秋容淺淡映重門，七節攢成雪滿盆。[20]
出浴太真冰作影，捧心西子玉為魂。[21]
曉風不散愁千點，宿雨還添淚一痕。[22]

神，五行屬白，季節屬秋，故常以白帝代指秋天。
婷婷，形容女子姿態美麗，這裡指白海棠花。

20.「**秋容**」二句——
秋容，指白海棠素淡的姿容。
七節，形容海棠枝節繁多。
攢，叢聚。

21.「**出浴**」二句——
太真，楊貴妃的號。唐玄宗曾賜她沐浴華清池，又曾以海棠睡未足喻貴妃醉態。
「**捧心西子**」指西施捧心之美。
二句均借古代美人喻白海棠。

獨倚畫欄如有意，清砧怨笛送黃昏。[23]

大家看了，寶玉說探春的好，李紈終要推寶釵這詩有身分，因又催黛玉。黛玉道：「你們都有了？」說著提筆一揮而就，擲與眾人。李紈等看她寫道是：

半卷湘簾半掩門，碾冰為土玉為盆。

看了這句，寶玉先喝起彩來，只說「從何處想來！」又看下面道是：

偷來梨蕊三分白，借得梅花一縷魂。

眾人看了，也都不禁叫好，說「果然比別人又是一樣心腸。」又看下面道是：

月窟仙人縫縞袂[24]，秋閨怨女拭啼痕。

22.「曉風」二句——「曉風」句寶玉借以自況。「宿雨」句喻黛玉。愁千點，指枝上點點白花，似含無限哀愁。

23.「獨倚」二句——把白海棠喻為獨守空閨思念情郎的妻子。清砧，指清冷的搗衣聲，表達婦女秋夜搗衣懷念遠人的意境。

24.「月窟」句——月窟，月宮。縞袂，代指白絹做的衣服。

嬌羞默默同誰訴，倦倚西風夜已昏。

眾人看了，都道是這首為上。李紈道：「若論風流別致，自是這首；若論含蓄渾厚，終讓蘅稿。」

探春道：「這評得有理，瀟湘妃子當居第二。」

李紈道：「怡紅公子是壓尾，你服不服？」

寶玉道：「我的那首原不好了，這評得最公。」

又笑道：「只是蘅瀟二首還要斟酌。」

李紈道：「原是依我評論，不與你們相干，再有多說者必罰。」

寶玉聽說，只得罷了。

……李紈道：「從此後，我定於每月初二、十六這兩日開社，出題、限韻都要依我。這其間你們有高興的，你們只管另擇日子補開，哪怕一個月每天都開社，我只不管。只是到了初

二、二十六這兩日，是必往我那裡去。」

寶玉道：「到底要起個社名才是。」

探春道：「俗了又不好，特新了，刁鑽古怪也不好。可巧才是海棠詩開端，就叫個海棠社罷。雖然俗些，因真有此事，也就不礙了。」說畢，大家又商議了一回，略用些酒果，方各自散去。也有回家的，也有往賈母王夫人處去的。當下別人無話。

※……※……※

……且說襲人因見寶玉看了字帖兒便慌慌張張的同翠墨去了，也不知何事。後來又見後門上婆子送了兩盆海棠花來。襲人問是哪裡來的，婆子便將寶玉前一番緣故說了。

襲人聽說，便叫擺好，讓她們在下房裡坐了，自己走到自己房內秤了六錢銀子封好，又拿了三百錢走來，都遞與那兩個婆子，道：「這銀子賞那抬花來的小子們，這錢妳們打酒吃罷。」那婆子們站起來，眉開眼笑，千恩萬謝的不肯受，見襲人執意不收，方領了。

……襲人又道：「後門上外頭可有該班的小子們？」婆子忙應道：「天天有四個，原預備裡面差使的。姑娘有什麼差使，我們吩咐去。」襲人笑道：「有什麼差使？今兒寶二爺要打發人到小侯爺家與史大姑娘送東西去，可巧妳們來了，順便出去叫後門上的小子們雇輛車來。回來妳們就往這裡拿錢，不用叫他們又往前頭混碰去。」婆子答應著去了。

……襲人回至房中，拿碟子盛東西與史湘雲送去，卻見槅子上碟槽空著。因回頭見晴雯、秋紋、麝月等都在一處做針黹，襲人問道：「這一個纏絲白瑪瑙碟子哪去了？」眾人見問，都你看我，我看妳，都想不起來。半日，晴雯笑道：「給三姑娘送荔枝去的，還沒送來呢。」襲人道：「家常送東西的傢伙也多，巴巴的拿這個去。」晴雯道：「我何嘗不也這樣說。他說這個碟子配上鮮荔枝才好看。我送去，三姑娘見了也說好看，叫連碟子放著，就沒帶來。妳再瞧，那槅子盡上頭的一對聯珠瓶[25]還沒收來呢。」秋紋笑道：「提起這瓶來，我又想起笑話來了。我們寶二爺說聲孝心一動，也孝敬到十二分。因那日見園裡桂花開了，折了兩枝，原是自己要插瓶的，忽然想起來說，這是自己園裡的才開的新鮮花，不敢自己先玩，巴巴的把那一對瓶拿下來，親自灌水插好了，叫個人拿著，親自送一瓶進老太太，又進一瓶與太太。誰知他孝心一動，連跟的人都得了福了。「可巧那日是我拿去的。老太太見了這樣，喜得無可無不可，見

25. **聯珠瓶**——兩瓶連成一體，取珠聯璧合之意。

人就說：『到底是寶玉孝順我，連一枝花兒也想得到。別人還只抱怨我疼他。』妳們知道，老太太素日不大同我說話的，有些不入她老人家的眼的。那日竟叫人拿幾百錢給我，說我憐見的，生得單薄。這可是再想不到的福氣。幾百錢是事小，難得這個臉面。

「及至到了太太那裡，太太正和二奶奶、趙姨奶奶、周姨奶奶好些人翻箱子，找太太當日年輕的顏色衣裳，不知要給那一個。一見了，連衣裳也不找了，且看花兒。又有二奶奶在旁邊湊趣兒，誇寶玉又是怎樣孝敬，又是怎樣知好歹，有的沒的說了兩車話。

「當著眾人，太太自為又增了光，堵了眾人的嘴。太太越發喜歡了，現成的衣裳就賞了我兩件。衣裳也是小事，年年橫豎也得，卻不像這個彩頭。」

…晴雯笑道：「呸！沒見世面的小蹄子！那是把好的給了人，挑剩下的才給妳，妳還充有臉呢！」

秋紋道：「憑她給誰剩的，到底是太太的恩典。」

晴雯道：「要是我，我就不要。若是給別人剩下的給我，也罷了。一樣這屋裡的人，難道誰又比誰高貴些？把好的給她，剩下的才給我，我寧可不要。衝撞了太太，我也不受這口軟氣。」

秋紋忙問：「給這屋裡誰的？我因為前兒病了幾天，家去了，不知給誰來著。好姐姐，妳告訴我知道知道。」

晴雯道：「我告訴了妳，難道妳這會退還太太去不成？」

秋紋笑道：「胡說！我白聽聽喜歡喜歡。哪怕給這屋裡的狗剩下的，我只領太太的恩典，也不犯管別的事。」

…眾人聽了，都笑道：「罵得巧，可不是給了那西洋花點子哈巴兒了。」

襲人笑道：「妳們這起爛了嘴的！得了空就拿我取笑打牙兒[26]。一個個不知怎麼死呢！」

秋紋笑道：「原來姐姐得了，我實在不知道。我陪個不是罷。」

襲人笑道：「少輕狂罷。妳們誰取了碟子來是正經。」

麝月道：「那瓶得空兒也該收來了。老太太屋裡還罷了，太太屋裡人多手雜。別人還可以，趙姨奶奶那夥人見是這屋裡的東西，又該使黑心弄壞了才罷。太太也不大管這些事，不如早些收來拿正經。」

晴雯聽說，便擲下針黹道：「這話倒是，等我取去。」

秋紋道：「還是我取去罷，妳取妳的碟子去。」

晴雯笑道：「我偏取這一遭兒去。是巧宗兒妳們都得了，難道不許我得一遭兒？」

麝月笑道：「通共秋丫頭得了一遭兒衣裳，哪裡今兒巧，妳也遇見找衣裳不成？」

26. 打牙兒——說俏皮話以取笑人。

晴雯冷笑道：「雖然碰不見衣裳，或者太太看見我勤謹，一個月也把太太的公費裡分出二兩銀子來給我，也定不得。」說著又笑道：「妳們別和我裝神弄鬼的，什麼事我不知道。」一面說，一面往外跑了。秋紋也同她出來，自去探春那裡取了碟子來。

……襲人打點齊備東西，叫過本處的一個老宋媽媽來，向她說道：「妳先好生梳洗了，換了出門的衣裳來，如今打發妳與史大姑娘送東西去。」那宋嬤嬤道：「姑娘只管交給我，有話說與我，我收拾了就好一順去。」

襲人聽說，便端過兩個小掐絲盒子來。先揭開一個，裡面裝的是紅菱和雞頭[27]兩樣鮮果，又揭那一個，是一碟子桂花糖蒸的新栗粉糕。

27. 雞頭——指雞頭米，芡實的俗稱。芡是一種水生植物，其果仁可食。

又說道：「這都是今年咱們這裡園子裡新結的果子，寶二爺叫送來與姑娘嘗嘗。再前日姑娘說這瑪瑙碟子好，姑娘就留下玩罷。這絹包兒裡頭是姑娘上日叫我做的活計，姑娘別嫌粗糙，能著用罷。替我們請安，替二爺問好就是了。」

⋯宋嬤嬤道：「寶二爺不知還有什麼說的沒有，姑娘再問問去，回來又別說忘了話。」襲人因問秋紋道：「方才可見在三姑娘那裡？」秋紋道：「他們都在那裡商議起什麼詩社呢，又都作詩。想來沒話，妳只去罷。」

宋嬤嬤聽了，便拿了東西出去，另外穿戴了。襲人又囑咐她：「從後門出去，有小子和車等著呢。」宋媽去了，不在話下。

⋯⋯※⋯⋯※⋯⋯※⋯⋯

⋯寶玉回來，先忙著看了一回海棠，至房內告訴襲人起詩社的事。襲人也把打發宋媽媽與史湘雲送東西去的話告訴了寶玉。

寶玉聽了拍手道：「偏忘了她。我自覺心裡有件事，只是想不起來，虧妳提起來，正要請她去。這詩社裡若少了她還有什麼意思。」

襲人勸道：「什麼要緊，不過是玩意兒。她比不得你們自在，家裡又作不得主兒。告訴她，她要來又由不得她；不來她又牽腸掛肚的，沒的叫她不受用。」

寶玉道：「不妨事，我回老太太打發人接她去。」正說著，宋媽媽已經回來，回復道生受[28]，與襲人道乏。又說：「問二爺作什麼呢，我說和姑娘們起什麼詩社作詩呢。史大姑娘說，他們作詩也不告訴她去，急得了不得。」

寶玉聽了，立身便往賈母處來，立逼著叫人接去。賈母因說：「今兒天晚了，明日一早再去。」寶玉只得罷了，回來悶悶的。

28.生受—難為、有勞的意思。

…次日一早，便又往賈母處來催逼人接去。直到午後，史湘雲才來，寶玉方放了心，見面時，就把始末原由告訴她，又要與她詩看。

李紈等因說道：「且別給她看，先說與她韻。她後來，先罰她和了詩：若好，便請入社；若不好，還要罰她一個東道再說。」湘雲笑道：「你們忘了請我，我還要罰你們呢。就拿韻來，我雖不能，只得勉強出醜。容我入社，掃地焚香我也情願。」眾人見她這般有趣，越發喜歡，都埋怨昨日怎麼忘了她，遂忙告訴她韻。

…史湘雲一心興頭，等不得推敲刪改，一面只管和人說話，心內早已和成，即用隨便的紙筆錄出，先笑說道：「我卻依韻和了兩首，好歹我卻不知，不過應命而已。」說著遞與眾人。眾人道：「我們四首也算想絕了，再一首也不能了。妳倒弄了兩首，哪裡有許多話說，必要重了我們。」一面說，一面看時，只見那兩首詩寫道：

其一

神仙昨日降都門[29]，種得藍田玉一盆。
自是霜娥偏愛冷，非關倩女亦離魂。[30]
秋陰[31]捧出何方雪？雨漬添來隔宿痕。
卻喜詩人吟不倦，豈令寂寞度朝昏。

其二

蘅芷階通蘿薜門，也宜牆角也宜盆。
花因喜潔難尋偶，人為悲秋易斷魂。
玉燭滴乾風裡淚，晶簾隔破月中痕。[32]
幽情欲向嫦娥訴，無奈虛廊夜色昏。[33]

眾人看一句，驚訝一句，看到了，贊到了，都說：「這個不枉

29. **都門**——即京都。

30. 「**自是**」二句——霜娥，即青女，神話中司霜雪的女神。倩女離魂，見唐代陳玄祐《離魂記》。

31. **秋陰**——即秋雲。

32. 「**玉燭**」二句——上句以燃著的白蠟燭比喻在秋風中搖曳的白海棠。下句是說從水晶簾內看月色下的白海棠更顯得朦朧。玉燭，白色蠟燭。晶簾，水晶簾。

33. **幽情**——深藏在內心的衷情。

作了海棠詩，真該要起海棠社了。」

史湘雲道：「明日先罰我個東道，就讓我先邀一社可使得？」眾人道：「這更妙了！」因又將昨日的與她評論了一回。

……至晚，寶釵將湘雲邀往蘅蕪苑去安歇。湘雲燈下計議如何設東擬題。

寶釵聽她說了半日，皆不妥當，因向她說道：「既開社，便要作東。雖然是個玩意兒，也要瞻前顧後，又要自己便宜，又要不得罪了人，然後方大家有趣。妳家裡妳又作不得主，一個月通共那幾串錢，妳還不夠盤纏呢。這會子又幹這沒要緊的事，妳嬸子聽見了，越發抱怨妳了。

「況且妳就都拿出來，做這個東道也是不夠。難道為這個家去要不成？還是和這裡要呢？」一席話提醒了湘雲，倒躊躕起來。

……寶釵道：「這個我已經有個主意。我們當鋪裡有一個夥計，他家田上出的很好的肥螃蟹，前兒送了幾斤來。現在這裡的人，從老太太起，連上園裡的人，有多一半都是愛吃螃蟹的。前日姨娘還說要請老太太在園子裡賞桂花、吃螃蟹，因為有事還沒有請呢。

「妳如今且把詩社別提起，只管普通一請。等她們散了，咱們有多少詩作不得的呢。我和我哥哥說，要幾簍極肥極大的螃蟹來，再往鋪子裡取上幾罈好酒來，再備上四五桌果碟，豈不又省事，又大家熱鬧了！」湘雲聽了，心中自是感服，極贊她想得周到。

……寶釵又笑道：「我是一片真心為妳的話。妳千萬別多心，想著我小看了妳，咱們兩個就白好了。妳若不多心，我就好叫他們辦去的。」

湘雲忙笑道：「好姐姐，妳這樣說，倒多心待我了。憑她怎麼糊塗，連個好歹也不知，還成個人了？我若不把姐姐當作親姐姐一樣看，上回那些家常話，煩難事也不肯盡情告訴妳了。」寶釵聽說，便叫一個婆子來：「出去和大爺說，像前日的大螃蟹要幾簍來，明日飯後請老太太、姨娘賞桂花。妳說大爺好歹別忘了，我今兒已請下人了。」那婆子出去說明回來，無話。

……這裡寶釵又向湘雲道：「詩題也不要過於新巧了。妳看古人詩中哪裡有那些刁鑽古怪的題目和那極險的韻了，若題過於新巧，韻過於險，再不得有好詩，終是小家氣。

「詩固然怕說熟話，然更不可過於求生，只要頭一件立意清新，自然措詞就不俗了。究竟這也算不得什麼，還是紡績針黹是妳我的本等。一時閒了，倒是於妳我身心有益的書看幾章是正經。」

……湘雲只答應著，因笑道：「我如今心裡想著，昨日作了海棠詩，我如今要作個菊花詩如何？」

寶釵道：「菊花倒也合景，只是前人作的太多了。」

湘雲道：「我也是如此想著，恐怕落套。」

寶釵想了一想，說道：「有了，如今以菊花為賓，以人為主，竟擬出幾個題目來，都是兩個字：一個虛字，一個實字，實字便用『菊』字，虛字就用通用門的。如此又是詠菊，又是賦事，前人也沒作過，也不能落套。賦景詠物兩關著，又新鮮，又大方。」

……湘雲笑道：「這卻很好。只是不知用何等虛字才好。妳先想一個我聽聽。」

寶釵想了一想，笑道：「《菊夢》就好。」

湘雲笑道：「果然好。我也有一個，《菊影》可使得？」

寶釵道：「也罷了。只是也有人作過，若題目多，這個也算得上。我又有了一個。」

湘雲道：「快說出來。」

寶釵道：「《問菊》如何？」

湘雲拍案叫妙，因接說道：「我也有了，《訪菊》如何？」

寶釵也贊有趣，因說道：「越性擬出十個來，寫上再定。」

說著，二人研墨蘸筆，湘雲便寫，寶釵便念，一時湊了十個。

湘雲看了一遍，又笑道：「十個還不成幅，越性湊成十二個便全了，也如人家的字畫冊頁一樣。」

……寶釵聽說，又想了兩個，一共湊成十二個。又說道：「既這樣，越發編出他個次序先後來。」

湘雲道：「如此更妙，竟弄成個菊譜了。」

寶釵道：「起首是《憶菊》；

憶之不得，故訪，第二是《訪菊》；

訪之既得，便種，第三是《種菊》；

種既盛開，故相對而賞，第四是《對菊》；

相對而興有餘，故折來供瓶為玩，第五是《供菊》；

既供而不吟，亦覺菊無彩色，第六便是《詠菊》；

既入詞章，不可不供筆墨，第七便是《畫菊》；

既為菊如是碌碌，究竟不知菊有何妙處，不禁有所問，第八便是《問菊》；

菊如解語，使人狂喜不禁，第九便是《簪菊》；

如此人事雖盡，猶有菊之可詠者，《菊影》《菊夢》二首續在第十第十一；末卷便以《殘菊》總收前題之盛。這便是三秋的好景妙事都有了。」

：湘雲依言將題錄出，又看了一回，又問「該限何韻？」

寶釵道：「我平生最不喜限韻的，分明有好詩，何苦為韻所縛。咱們別學那小家派，只出題，不拘韻。原為大家偶得了好句取樂，並不為此而難人。」

湘雲道：「這話很是。這樣大家的詩還進一層。但只是咱們五個人，這十二個題目，難道每人作十二首不成？」

寶釵道：「那也太難人了。將這題目謄好，都要七言律詩，明日貼在牆上。他們看了，誰作那一個就作那一個。有力量者，十二首都作也可；不能的，一首不成也可。高才捷足者為尊。若十二首已全，便不許他後趕著又作，罰他就完了。」

湘雲道：「這倒也罷了。」

二人商議妥貼，方才息燈安寢。要知端的，且聽下回分解。

◎第三八回◎

林瀟湘魁奪菊花詩
薛蘅蕪諷和螃蟹詠

…話說寶釵、湘雲二人計議已妥，一宿無話。湘雲次日便請賈母等賞桂花。賈母等都說道：「倒是她有興頭，須要擾她這雅興。」

…至午，果然賈母帶了王夫人、鳳姐兼請薛姨媽等進園來。賈母因問「哪一處好？」王夫人道：「憑老太太愛在那一處，就在那一處。」鳳姐道：「藕香榭已經擺下了，那山坡下兩棵桂花開得又好，河裡的水又碧清。坐在河當中亭子上豈不敞亮，看著水眼也清亮。」賈母聽了說：「這話很是。」說著，引了眾人往藕香榭來。

…原來這藕香榭蓋在池中，四面有窗，左右有曲廊可通，亦是跨水接岸，後面又有曲折竹橋暗接。眾人上了竹橋，鳳姐忙上來攙著賈母，口裡說：「老祖宗只管邁大步走，不相干的，這竹子橋規矩是咯吱咯喳的。」

一時進入榭中，只見欄杆外另放著兩張竹案，一個上面設著杯箸酒具，一個上頭設著茶筅[1]、茶盂[2]各色茶具。那邊有兩三個丫頭煽風爐煮茶，這一邊另外幾個丫頭也煽風爐燙酒呢。賈母喜得忙問：「這茶想的到，且是地方、東西都乾淨。」

湘雲笑道：「這是寶姐姐幫著我預備的。」

賈母道：「我說這個孩子細致，凡事想得妥當。」一面說，一面又看見柱上掛的黑漆嵌蚌的對子，命人念。

湘雲念道：

芙蓉影破歸蘭槳，菱藕香深寫竹橋。

1. 茶筅（音顯）——也作茶筌，是烹茶時的一種調茶工具，由一精細切割而成的竹塊製作而成，用以調攪抹茶，是點茶必備的工具。

2. 茶盂——又稱為水盂，是常用茶具之一。**茶盂**主要用來存放茶渣和廢水，多用陶瓷和紫砂製作而成。

賈母聽了，又抬頭看匾，因回頭向薛姨媽道：「我先小時，家裡也有這麼一個亭子，叫做什麼『枕霞閣』。我那時也只像她們姊妹這麼大年紀，同姊妹們天天頑去。

「那日誰知我失了腳掉下去，幾乎沒淹死，好容易救了上來，到底被那木釘把頭碰破了。如今這鬢角上那指頭頂大一塊窩兒就是那殘破了。眾人都怕經了水，又怕冒了風，都說活不得了，誰知竟好了。」

風姐不等人說，先笑道：「那時要活不得，如今這麼大福可叫誰享呢！可知老祖宗從小兒的福壽就不小，神差鬼使碰出那個窩兒來，好盛福壽的。壽星老兒頭上原是一個窩兒，因為萬福萬壽盛滿了，所以倒凸高出些來了。」未及說完，賈母與眾人都笑軟了。

……賈母笑道：「這猴兒慣得了不得了，只管拿我取笑起來，恨得我撕妳那油嘴！」鳳姐笑道：「回來吃螃蟹，恐積了冷在心裡，討老祖宗笑一笑開開心，一高興多吃兩個就無妨了。」賈母笑道：「明兒叫妳日夜跟著我，我倒常笑笑覺得開心，不許回家去。」

王夫人笑道：「老太太因為喜歡她，才慣得她這樣，還這樣說她，明兒越發無禮了。」賈母笑道：「我喜歡她這樣，況且她又不是那不知高低的孩子。家常沒人，娘兒們原該這樣。橫豎禮體不錯就罷，沒的倒叫她從神兒似的作什麼。」

……說著一齊進入亭子，獻過茶，鳳姐忙著搭桌子，要杯箸。上面一桌，賈母、薛姨媽、寶釵、黛玉、寶玉。東邊一桌：史湘雲、王夫人、迎、探、惜。西邊靠門一小桌：李紈和鳳姐的，虛設坐位，二人皆不敢坐，只在賈母、王夫人兩桌上伺候。鳳姐吩咐：「螃蟹不可多拿來，仍舊放在蒸籠裡，拿十個來，吃了再拿。」一面又要水洗了手，站在賈母跟前剝蟹肉，頭次讓薛姨媽。

薛姨媽道：「我自己掰著吃香甜，不用人讓。」

鳳姐便奉與賈母。二次的便與寶玉，又說：「把酒燙得滾熱的拿來。」又命小丫頭們去取菊花葉兒、桂花蕊熏的綠豆面子[3]來，預備洗手。

史湘雲陪著吃了一個，就下座來讓人，又出至外頭，命人盛兩盤子與趙姨娘、周姨娘送去。又見鳳姐走來道：「妳不慣張羅，妳吃妳的去。我先替妳張羅，等散了我再吃。」湘雲不肯，又命人在那邊廊上擺了兩桌，讓鴛鴦、琥珀、彩霞、彩雲、平兒去坐。

鴛鴦因向鳳姐笑道：「二奶奶在這裡伺候，我們可吃去了。」鳳姐兒道：「妳們只管去，都交給我就是了。」說著，史湘雲乃入了席。鳳姐和李紈也胡亂應個景兒。

3.綠豆面子—即綠豆粉。摻上皂角灰可洗滌油汙。

鳳姐仍是下來張羅，一時出至廊上。鴛鴦等正吃得高興，見她來了，鴛鴦等站起來道：「奶奶又出來作什麼？讓我們也受用一會子。」

鳳姐笑道：「鴛鴦小蹄子越發壞了，我替妳當差，倒不領情，還抱怨我。還不快斟一鍾酒來我喝呢。」鴛鴦笑著忙斟了一杯酒，送至鳳姐唇邊，鳳姐一揚脖子吃了。

琥珀、彩霞二人也斟上一杯，送至鳳姐唇邊，那鳳姐也吃了。平兒早剔了一殼黃子送來，鳳姐道：「多倒些薑醋。」一面也吃了，笑道：「妳們坐著吃罷，我可去了。」

……鴛鴦笑道：「好沒臉，吃我們的東西。」

鳳姐兒笑道：「妳和我少作怪。妳知道妳璉二爺愛上了妳，要和老太太討了妳作小老婆呢。」

鴛鴦道：「啐，這也是作奶奶說出來的話！我不拿腥手抹妳一臉算不得。」說著趕來就要抹。

鳳姐兒央道：「好姐姐，饒我這一遭兒罷！」

琥珀笑道：「鴛ㄚ頭要去了，平ㄚ頭還饒她？妳們看看她，沒有吃了兩個螃蟹，倒喝了一碟子醋，她也算不會攬酸了。」

平兒手裡正掰了個滿黃的螃蟹，聽如此奚落她，便拿著螃蟹照著琥珀臉上抹來，口內笑罵：「我把妳這嚼舌根的小蹄子！」琥珀也笑著往旁邊一躲，平兒使空了，往前一撞，正恰恰的抹在鳳姐兒腮上。

鳳姐兒正和鴛鴦嘲笑，不防唬了一跳，「噯喲」了一聲。眾人撐不住都哈哈的大笑起來。鳳姐也禁不住笑罵道：「死娼婦！吃離了眼[4]了，混抹妳娘的。」平兒忙趕過來替她擦了，親自去端水。鴛鴦道：「阿彌陀佛！這是個報應。」

……賈母那邊聽見，一疊聲問：「見了什麼這樣樂？告訴我們也

4.離了眼——看花了眼。

笑笑。」鴛鴦等忙高聲笑回道：「二奶奶來搶螃蟹吃，平兒惱了，抹了她主子一臉的螃蟹黃子。主子奴才打架呢。」賈母和王夫人等聽了也笑起來。

賈母笑道：「妳們看她可憐見的，把那小腿子臍子給她點子吃也就完了。」

鴛鴦等笑著答應了，高聲又說道：「這滿桌子的腿子，二奶奶只管吃就是了。」鳳姐洗了臉走來，又服侍賈母等吃了一會。黛玉獨不敢多吃，只吃了一點兒夾子肉就下來了。

……賈母一時不吃了，大家方散，都洗了手，也有看花的，也有弄水看魚的，遊玩了一回。

王夫人因回賈母說：「這裡風大，才又吃了螃蟹，老太太還是回房去歇歇罷了。若高興，明日再來逛逛。」

賈母聽了笑道：「正是呢。我怕妳們高興，我走了又怕掃了妳們的興。既這麼說，咱們就都去罷。」

回頭又囑咐湘雲：「別讓妳寶哥哥、林姐姐多吃了。」湘雲答應著。

又囑咐湘雲寶釵二人說：「妳兩個也別多吃。那東西雖好吃，不是什麼好的，吃多了肚子疼。」

……二人忙應著送出園外，仍舊回來，命將殘席收拾了另擺。寶玉道：「也不用擺，咱們且作詩。把那大團圓桌放在當中，酒菜都放著。也不必拘定座位，有愛吃的去吃，散坐豈不便宜？」

寶釵道：「這話極是。」

湘雲道：「雖如此說，還有別人。」

因又命另擺一桌，揀了熱螃蟹來，請襲人、紫鵑、司棋、待書、入畫、鶯兒、翠墨等一處共坐。山坡桂樹底下鋪下兩條花氈，命答應的婆子並小丫頭等也都坐了，只管隨意吃喝，等使喚再來。

…湘雲便取了詩題，用針綰在牆上。眾人看了都說：「新奇固新奇，只怕作不出來。」

湘雲又把不限韻的原故說了一番。寶玉道：「這才是正理，我也最不喜限韻。」

林黛玉因不大吃酒，又不吃螃蟹，自命人掇了一個繡墩[5]倚欄杆坐著，拿著釣竿釣魚。寶釵手裡拿著一枝桂花玩了一回，俯在窗檻上掐了桂蕊擲向水面，引得游魚浮上來唼喋[6]。

湘雲出一回神，又讓一回襲人等，又招呼山坡下的眾人只管放量吃。

探春和李紈、惜春立在垂柳陰中看鷗鷺。迎春又獨在花陰下拿著花針穿茉莉花。

5.繡墩—有文飾彩繡的坐墩。

6.唼喋—魚或水鳥聚食盤。這裡指魚嘴開合、咂水吞食。

7.雪浪箋—一種白色詩箋，紙中有波浪形暗紋。

8.「蓼紅」句—蓼，紅蓼，夏秋之際開粉紅小花。葦，蘆葦，夏秋之際揚白絮。

寶玉又看了一回黛玉釣魚，一回又擠在寶釵旁邊說笑兩句，一回又看襲人等吃螃蟹，自己也陪她飲兩口酒。襲人又剝了一殼肉給他吃。

…黛玉放下釣竿，走至座間，拿起那烏銀梅花自斟壺來，揀了一個小小的海棠凍石蕉葉杯。丫鬟看見，知她要飲酒，忙著走上來斟。黛玉道：「妳們只管吃去，讓我自己斟才有趣兒。」說著便斟了半盞。

看時，卻是黃酒，因說道：「我吃了一點子螃蟹，覺得心口微微的疼，須得熱熱的吃口燒酒。」

寶玉忙道：「有燒酒。」便命將那合歡花浸的酒燙一壺來。

黛玉也只吃了一口，便放下了。

…寶釵也走過來，另拿了一只杯來，也飲了一口放下，便蘸筆

9.「空籬」二句—空籬，菊籬之中空蕩蕩的。**舊圃**，去年的花圃。**秋無迹**，即菊無迹，沒有菊。**夢有知**，在夢中才能見到。

10.「酒杯」句—不要因貪杯或吃藥而被絆住，不出訪菊。**淹留**，久留。

11. 何處秋—秋，秋色，這裡指菊花。

12.「蠟屐」句—**蠟屐**，有齒的木底鞋，屐上打蠟，可防濕耐用。**得得**，特地，這裡是情致很高的意思。

13. 冷吟—即秋吟，冷秋吟詩。

至牆上把頭一個《憶菊》勾了，底下又贅了一個「蘅」字。

寶玉忙道：「好姐姐，第二個我已經有了四句了，妳讓我作罷！」

寶釵笑道：「我好容易有了一首，你就忙得這樣。」

黛玉也不說話，接過筆來把第八個《問菊》勾了，接著把第十一個《菊夢》也勾了，也贅上一個「瀟」字。

寶玉也拿起筆來，將第二個《訪菊》也勾了，也贅上一個「怡」字。

探春走來看看道：「竟沒人作《簪菊》，讓我作這《簪菊》。」又指著寶玉笑道：「才宣過總不許帶出閨閣字樣來，你可要留神！」

……說著，只見湘雲走來，將第四、第五《對菊》《供菊》一連兩個都勾了，也贅上一個「湘」字。

14.「黃花」二句—解，懂得。詩客，詩人，作詩者自指。掛杖頭，與首聯對句呼應，指詩人杖頭掛錢，沽酒訪菊。

15. 故故—故意。

16.「醉酹」句—酹，灑酒以祭。寒香，以菊花清冷的幽香代指菊。

17.「好知」句—全句意指願與秋菊偕隱，息絕世俗交遊。好知，須知。井徑，田間小路，此指種菊處。塵埃，喻世俗社會。

18. 別圃—即遠圃。

19.「蕭疏」二句—

探春道：「妳也該起個號。」

湘雲笑道：「我們家裡如今雖有幾處軒館，我又不住著，借了來也沒趣。」

寶釵笑道：「方才老太太說，妳們家也有這麼個水亭叫『枕霞閣』，難道不是妳的。如今雖沒了，妳到底是舊主人。」眾人都道有理，寶玉不待湘雲動手，便代將「湘」字抹了，改了一個「霞」字。

……又有頓飯工夫，十二題已全，各自謄出來，都交與迎春，另拿了一張雪浪箋[7]過來，一並謄錄出來，某人作的底下贅明某人的號。李紈等從頭看起：

《憶菊》 ◎蘅蕪君

悵望西風抱悶思，蓼紅葦白斷腸時。[8]
空籬舊圃秋無迹，瘦月清霜夢有知。[9]

蕭疏，指秋天蕭條疏落的景象。科頭，不戴帽子，表示疏狂不羈。清冷香，指菊花。

20. 知音—知己好友。

21. 惜寸陰—愛惜時間。陰，光陰。

22. 「隔坐」句—隔著座位就聞到供菊散發的香氣。分，散發。「三徑露」與下句「一枝秋」互文，均指菊。三徑，指栽菊的庭院。

23. 「霜清」句—霜清，指秋天。紙帳，用藤皮蠶紙纏於木上，以索纏緊，勒作皺紋；不用糊，以線折縫之；頂不用紙，以稀布為念念心隨歸雁遠，寥寥坐聽晚砧痴。
誰憐為我黃花病，慰語重陽會有期。

《訪菊》　◎怡紅公子

閑趁霜晴試一遊，酒杯藥盞莫淹留。[10]
霜前月下誰家種，檻外籬邊何處秋[11]。
蠟屐遠來情得得[12]，冷吟[13]不盡興悠悠。
黃花若解憐詩客，休負今朝掛杖頭。[14]

《種菊》　◎怡紅公子

攜鋤秋圃自移來，籬畔庭前故故[15]栽。
昨夜不期經雨活，今朝猶喜帶霜開。
冷吟秋色詩千首，醉酹[16]寒香酒一杯。
泉溉泥封勤護惜，好知井徑絕塵埃[17]。

之，取其透氣；或畫以梅花，或畫以蝴蝶，分外清致。

24.「**圃冷**」句—全句回憶未供之前遊賞冷清菊圃的情景，以襯托和加強供菊為友的喜悅。

25.「**傲世**」二句—說自己同秋菊情操一樣，故對在春風中搖曳弄姿的桃李從不駐足欣賞。**同氣味**，情趣相投。**春風桃李**，喻追求世俗榮利的人。

26.「**無賴**」二句—無賴，糾纏不清。**詩魔**，指詩人不可抑止的創作衝動，佛家以為入魔。**沉音**，即沉吟，沉思低

《對菊》◎枕霞舊友

別圃[18]移來貴比金，一叢淺淡一叢深。
蕭疏籬畔科頭坐，清冷香中抱膝吟。[19]
數去更無君傲世，看來惟有我知音。[20]
秋光荏苒休辜負，相對原宜惜寸陰。[21]

《供菊》◎枕霞舊友

彈琴酌酒喜堪儔，几案婷婷點綴幽。
隔坐香分三徑露[22]，拋書人對一枝秋。
霜清紙帳來新夢[23]，圃冷斜陽憶舊遊[24]。
傲世也因同氣味，春風桃李未淹留。[25]

《詠菊》◎瀟湘妃子

無賴詩魔昏曉侵，繞籬欹石自沉音。[26]

誦。
欹石，即倚石。

27.「**毫端**」句—**毫端**，筆尖。**蘊秀**，飽含雋逸的才思和辭藻。**臨霜**，迎霜。

28. **噙香**—口含菊香。

29. **素怨**—秋怨。

30. **秋心**—感秋而生的情懷。

31.「**一從**」句—**一從**，自從。**陶令**，即陶淵明，曾做過彭澤縣令。

32.「**詩餘**」句—**詩餘**，吟詩之後。**戲筆**，隨興揮筆作畫。**不知狂**，不知自己興態狷狂。

33.「**豈是**」句—

毫端蘊秀臨霜寫[27]，口齒噙香[28]對月吟。
滿紙自憐題素怨[29]，片言誰解訴秋心[30]。
一從陶令平章後[31]，千古高風說到今。

《畫菊》

◎蘅蕪君

詩餘戲筆不知狂[32]，豈是丹青費較量[33]。
聚葉潑成千點墨[34]，攢花染出幾痕霜[35]。
淡濃神會風前影[36]，跳脫秋生腕底香[37]。
莫認東籬閑採掇[38]，粘屏聊以慰重陽[39]。

《問菊》

◎瀟湘妃子

欲訊秋情眾莫知，喃喃負手叩東籬[40]。
孤標傲世偕誰隱？一樣花開為底遲？[41]
圃露庭霜何寂寞，鴻歸蛩病[42]可相思？

丹青，繪畫用的紅、青色顏料，代指繪畫。
較量，斟酌。

34.「**聚葉**」句——
聚葉，畫上密聚的菊葉。

35.「**攢花**」句——
攢花，指畫上花瓣一層層攢聚成花朵。
霜，畫面上的菊花瓣。

36.「**淡濃**」句——
神會，領會掌握描繪對象的精神，再形之於畫，追求神似。
風前影，指在風中搖曳的菊花。

37.「**跳脫**」句——
跳脫，也作「條脫」、「條達」，手鐲的別稱，引申為靈活生動。

38.「**莫認**」句——
採掇，採摘。

休言舉世無談者，解語[43]何妨片語時。

《簪菊》 ◎蕉下客

瓶供籬栽日日忙，折來休認鏡中妝[44]。
長安公子因花癖，彭澤先生是酒狂。[45]
短鬢冷沾三徑露，葛巾香染九秋霜。[46]
高情不入時人眼，拍手憑他笑路旁。[47]

《菊影》 ◎枕霞舊友

秋光疊疊復重重，潛度偷移三徑中。[48]
窗隔疏燈描遠近，籬篩破月鎖玲瓏。[49]
寒芳留照魂應駐[50]，霜印傳神夢也空[51]。
珍重暗香[52]休踏碎，憑誰醉眼認朦朧[53]。

39.「粘屏」——**粘屏**，把菊畫貼在屏風上。**聊**，姑且。**慰重陽**，重陽佳節借觀畫代賞菊，聊作慰藉。

40.「喃喃」句——**負手**，背著手若有所思的樣子。**叩**，問。**東籬**，代指菊。

41.「孤標」二句——**孤標**，孤高的節操。**標**，樹梢最高處，引申為出眾之意。**底**，何。

42. 鴻歸蛩病——**秋雁南歸**，蟋蟀悲鳴。**蛩病**，喻蟋蟀淒切的叫聲。

43. 解語——會說話，解人意。

44. 休認鏡中妝——

《菊夢》 ◎瀟湘妃子

籬畔秋酣一覺清[54]，和雲伴月不分明[55]。
登仙非慕莊生蝶[56]，憶舊還尋陶令盟。
睡去依依隨雁斷[57]，驚回故故惱蛩鳴[58]。
醒時幽怨同誰訴，衰草寒煙無限情。

《殘菊》 ◎蕉下客

露凝霜重漸傾欹，宴賞才過小雪時[59]。
蒂有餘香金淡泊，枝無全葉翠離披[60]。
半床落月蛩聲病，萬里寒雲雁陣遲。
明歲秋風知再會，暫時分手莫相思。

眾人看一首贊一首，彼此稱揚不已。

李紈笑道：「等我從公評來。通篇看來，各人有各人的警句。

不要認為是婦女平常對鏡的妝飾，因為簪菊是重陽節的風俗。

45.「長安」二句——
長安公子，或指晚唐詩人杜牧，賓其祖父杜佑在德宗、憲宗兩朝為相，故稱他為長安公子。
彭澤先生，即陶淵明，愛菊亦嗜酒。

46.「短鬢」二句——
三徑露九秋霜，均代指菊。
九秋，秋季三個月九十天，故稱秋天為三秋或九秋。
葛巾，東晉士人戴的一種用葛布作的便帽。

47.「高情」二句——
意謂時俗之人在路旁拍手嘲笑醉酒簪菊之人。

今日公評：《詠菊》第一，《問菊》第二，《菊夢》第三，題目新，詩也新，立意更新，惱不得要推瀟湘妃子為魁了。然後《簪菊》《對菊》《供菊》《畫菊》《憶菊》次之。」

寶玉聽說，喜得拍手叫「極是，極公道！」

……黛玉道：「我那首也不好，到底傷於纖巧些。」李紈道：「巧得卻好，不露堆砌生硬。」

黛玉道：「據我看來，頭一句好的是『圃冷斜陽憶舊遊』，這句背面傅粉。『拋書人對一枝秋』已經妙絕，將供菊說完，沒處再說，故翻回來想到未折未供之先，意思深透。」

李紈笑道：「固如此說，妳的『口齒噙香』一句也敵得過了。」

探春又道：「到底要算蘅蕪君沉著，『秋無迹』，『夢有知』，把個『憶』字竟烘染出來了。」

寶釵笑道：「妳的『短鬢冷沾』，『葛巾香染』，也就把簪菊形容

高情，指簪菊的情趣。

48.「秋光」二句——秋光，秋季的風光，代指菊影。潛度偷移，菊影隨著日光悄悄移動。

49.「窗隔」二句——隔著窗紗透出燈光，描繪遠近不同的菊影。

50.「寒芳」句——寒芳，指菊花。留照，留影。魂應駐，菊花的精神應當留在菊影裡。

51.「霜印」句——霜印，指菊影。夢也空，像夢一樣不真實。傳神，指菊影表現出菊花的精神。

52.暗香——指月夜菊影。

得一個縫兒也沒了。」

湘雲笑道：「『偕誰隱』、『為底遲』，真真把個菊花問的無言可對。」

李紈笑道：「妳的『科頭坐』、『抱膝吟』，竟一時也不能別開，菊花有知，也必膩煩了。」說得大家都笑了。

……寶玉笑道：「我又落第。難道『誰家種』、『何處秋』、『蠟屐遠來』、『冷吟不盡』，都不是訪；『昨夜雨』、『今朝霜』，都不是種不成？但恨敵不上『口齒噙香對月吟』、『清冷香中抱膝吟』、『短鬢』、『葛巾』、『金淡泊』、『翠離披』、『秋無跡』、『夢有知』這幾句罷了。」

又道：「明兒閒了，我一個人作出十二首來。」李紈道：「你的也好，只是不及這幾句新巧就是了。」

53.「憑誰」句—形容月光下的菊影朦朧，就像醉眼看花一樣。**憑誰**，不論是誰。

54.「籬畔」句—籬畔秋菊酣睡，夢也清雅不俗。

55.「和雲」句—和雲伴月，菊花在夢中隨雲月飄然高舉。**不分明**，指菊花夢中恍然迷離。

56.「登仙」句—登仙，指菊花夢中宛如登臨仙境。**莊生蝶**，即莊生夢蝶事。

57.「睡去」句—意謂菊花隨著南雁入夢。**依依**，留戀的樣子。**雁斷**，飛雁遠逝。

……大家又評了一回，復又要了熱蟹來，就在大圓桌子上吃了一回。

寶玉笑道：「今日持螯賞桂，亦不可無詩。我已吟成，誰還敢作呢？」說著，便忙洗了手提筆寫出。眾人看道：

持螯[61]更喜桂陰涼，潑醋擂薑興欲狂。
饕餮王孫[62]應有酒，橫行公子[63]卻無腸。
臍間積冷饞忘忌，指上沾腥洗尚香。
原為世人美口腹，坡仙曾笑一生忙。[64]

黛玉笑道：「這樣的詩，要一百首也有。」

寶玉笑道：「妳這會子才力已盡，不說不能作了，還貶人家。」

黛玉聽了，並不答言，也不思索，提起筆來一揮，已有了一首。

眾人看道：

58.「**驚回**」句——
驚回，睡醒夢回。
故故，屢屢。

59.「**露凝**」二句——
露凝霜重，指由秋至冬的氣候變化。
露凝，秋露因冷而凝。
霜重，指初冬的霜威。
自重陽迄於小雪，菊花由盛趨衰。

60.「**蒂有**」二句——
蒂有餘香，指菊花蒂上殘留的花瓣。
淡泊，指花的顏色消褪。
翠，指綠葉。
離披，散亂的樣子。

61.螯——螃蟹夾子。

62.饕餮王孫——
饕餮，本為傳說中一種貪食的惡獸，後常以喻鐵甲長戈死未忘，堆盤色相喜先嘗。[65]
螯封嫩玉[66]雙雙滿，殼凸紅脂[67]塊塊香。
多肉更憐卿八足，助情誰勸我千觴。
對斯佳品酬佳節，桂拂清風菊帶霜。

寶玉看了，正喝彩，黛玉便一把撕了，令人燒去，因笑道：「我作的不及你的，我燒了它。你那個很好，比方才的菊花詩還好，你留著它給人看。」

寶釵接著笑道：「我也勉強了一首，未必好，寫出來取笑兒罷。」說著，也寫了出來。大家看時，寫道是：

桂靄[68]桐陰坐舉殤，長安涎口[69]盼重陽。
眼前道路無經緯[70]，皮裡春秋空黑黃[71]。

看到這裡，眾人不禁叫絕。寶玉道：「寫得痛快！我的詩也該

人貪饞嗜吃。王孫，舊稱貴族子弟為王孫。

63.橫行公子—指蟹。

64.「原為」二句—坡仙，蘇東坡的別稱。此聯自嘲為飽口腹而忙於吃蟹的狂態。

65.「鐵甲」二句—鐵甲，喻蟹殼。長戈，喻蟹螯和蟹腳。色相，佛家語，指一切可感觸之物的形狀，這裡指熟蟹的形狀。

66.螯封嫩玉—指蟹螯內的白色嫩肉。

67.紅脂—母蟹蒸熟後，腹內的脂狀物呈橙紅色，俗稱蟹黃。

68.桂靄—桂花香氣。

燒了。」又看底下道：

酒未敵腥還用菊，性防積冷定須薑。

於今落釜成何益，月浦空餘禾黍香[72]。

眾人道：「這是食螃蟹絕唱，這些小題目，原要寓大意，才算是大才，只是諷刺世人太毒了些。」

說著，只見平兒復進園來。不知作什麼，且聽下回分解。

69.長安涎口——代指京都那些好吃嘴饞之人。

70.「**眼前**」**句**——指螃蟹橫行，從不管眼前道路的縱橫。**經緯**，這裡指縱橫、法度。

71.「**皮裡**」**句**——說蟹殼裡僅有黑的膏膜和黃的蟹黃，諷人心險惡。**皮裡春秋**，意指表面上不露好惡而心藏褒貶。

72.「**月浦**」**句**——蟹食稻傷農，今蟹死，月夜水邊只留下禾蜀的芳香。浦，水邊。

◎第三九回◎

村姥姥是信口開合　情哥哥偏尋根究底

……話說眾人見平兒來了，都說：「妳們奶奶作什麼呢，怎麼不來了？」平兒笑道：「她哪裡得空兒來。因為說沒有好生吃得，又不得來，所以叫我來問還有沒有，叫我要幾個拿了家去吃。」湘雲道：「有，多著呢。」忙命人拿盒子裝了十個極大的。平兒道：「多拿幾個團臍的。」

……眾人又拉平兒坐，平兒不肯。李紈拉著她笑道：「偏要妳坐。」拉著她身旁坐下，端了一杯酒送到她嘴邊。平兒忙喝了一口就要走。李紈道：「偏不許妳去。顯見得妳只有鳳丫頭，就不聽我的話了。」說著又命嬤嬤們：「先送了盒子去，就說我留下平兒了。」

……那婆子一時拿了盒子回來說：「二奶奶說，叫奶奶和姑娘們別笑話要嘴吃。這個盒子裡是方才舅太太那裡送來的菱粉糕和雞油捲兒[1]，給奶奶姑娘們吃的。」又向平兒道：「說使妳來妳就貪住頑不去了。勸妳少喝一杯兒罷。」平兒笑道：「多喝了又把我怎麼樣？」一面說，一面只管喝，又吃螃蟹。

李紈攬著她笑道：「可惜這麼個好體面模樣兒，命卻平常，只落得屋裡使喚。不知道的人，誰不拿妳當作奶奶太太看。」

……平兒一面和寶釵、湘雲等吃喝，一面回頭笑道：「奶奶，別只摸得我怪癢的。」李氏道：「噯喲！這硬的是什麼？」平

1. **雞油捲兒**——用鵝油或雞油和麪製成的酥餅點心，主要材料是雞腹腔內的黃油和麵粉。

兒道：「鑰匙。」

李氏道：「什麼鑰匙？要緊梯己東西怕人偷了去，卻帶在身上。我成日家和人說笑，有個唐僧取經，就有個白馬來馱他；有個劉智遠打天下，就有個瓜精來送盔甲[2]；有個鳳丫頭，就有個妳。妳就是妳奶奶的一把總鑰匙，還要這鑰匙做什麼？」

平兒笑道：「奶奶吃了酒，又拿我來打趣著取笑兒了。」

……寶釵笑道：「這倒是真話。我們沒事兒評論起人來，妳們這幾個都是百個裡頭挑不出一個來，妙在各人有各人的好處。」

李紈道：「大小都有個天理。比如老太太屋裡，要沒那個鴛鴦如何使得？從太太起，哪一個敢駁老太太的回，現在她敢駁回。偏老太太只聽她一個人的話。老太太那些穿戴的，別人不記得，她都記得，要不是她經管著，不知叫人誆騙了多少去呢。那孩子心也公道，雖然這樣，倒常替人說好話兒，還

2.劉智遠打天下，就有個瓜精來送盔甲——劉智遠，五代時後漢王朝的建立者。「瓜精送盔甲」見明初無名氏的南戲《白兔記》第十五齣。

倒不依勢欺人的。」
惜春笑道：「老太太昨兒還說，她比我們還強呢。」
平兒道：「那原是個好的，我們哪裡比得上她。」
……寶玉道：「太太屋裡的彩霞，是個老實人。」
探春道：「可不是，外頭老實，心裡有數兒。太太是那麼佛爺似的，事情上不留心，她都知道。凡百一應事都是她提著太太行。連老爺在家出外去的一應大小事，她都知道。太太忘了，她背地裡告訴太太。」李紈道：「那也罷了。」指著寶玉道：「這一個小爺屋裡要不是襲人，你們度量，到個什麼田地！鳳丫頭就是楚霸王，也得這兩隻膀子好舉千斤鼎。她不是這丫頭，就得這麼周到了？」
平兒笑道：「先時陪了四個丫頭來，死的死去的去，只剩下我一個孤鬼了。」

李紈道：「妳倒是有造化的。鳳丫頭也是有造化的。想當初妳珠大爺在日，何曾也沒兩個人。妳們看我還是那容不下人的？天天只見她兩個不自在。所以妳珠大爺一沒了，趁年輕我都打發了。若有一個好的守得住，我倒有個膀臂。」說著，不覺滴下淚來。

眾人都道：「又何必傷心，不如散了倒好。」說著，便都洗了手，大家約著往賈母王夫人處問安。眾婆子、丫頭打掃亭子，收拾杯盤。

……襲人便和平兒一同往前去，襲人因讓平兒到房裡坐坐，再喝一杯茶。

平兒說：「不喝茶了，再來罷。」說著，便要出去。

襲人又叫住問道：「這個月的月錢，連老太太和太太還沒放呢，是為什麼？」

平兒見問，忙轉身至襲人跟前，見左近無人，因悄悄說道：「妳快別問，橫豎再遲兩天就放了。」

襲人笑道：「這是為什麼，唬得妳這樣？」

平兒悄悄告訴她道：「這個月的月錢，我們奶奶早已支了，放給人使呢。等別處的利錢收了來，湊齊了才放呢。因為是妳，我才告訴妳，可不許告訴一個人去。」

……襲人笑道：「她難道還短錢使，還沒個足厭？何苦還操這心。」平兒笑道：「何曾不是呢。這幾年拿著這一項銀子，翻出有幾百來了。她的公費月例又使不著，十兩八兩零碎攢了放出去，只她這梯己利錢，一年不到，上千的銀子呢！」

襲人笑道：「拿著我們的錢，妳們主子奴才賺利錢，哄得我們呆呆的等著。」

……平兒道：「妳又說沒良心的話。妳難道還少錢使？」

襲人道：「我雖不少，只是我也沒地方使去，就只預備我們那一個。」

平兒道：「妳倘若有要緊事用銀錢使時，我那裡還有幾兩銀子，妳先拿來使，明兒我扣下妳的就是了。」

襲人道：「此時也用不著，怕一時要用起來不夠了，我打發人去取就是了。」

……平兒答應著，一逕出了園門來至家內，只見鳳姐兒不在房裡。忽見上回來打抽豐[3]的那劉姥姥和板兒又來了，坐在那邊屋裡，還有張材家的、周瑞家的陪著，又有兩三個丫頭在地下倒口袋裡的棗子、倭瓜並些野菜。眾人見她進來，都忙站起來了。

3.打抽豐——也叫「打秋風」，舊時利用各種關係取得有錢人的贈與。

劉姥姥因上次來過，知道平兒的身分，忙跳下地來問「姑娘好」，又說：「家裡都問好。早要來請姑奶奶的安，看姑娘來的，因為莊家忙，好容易今年多打了兩石糧食，瓜果、菜蔬也豐盛。這是頭一起摘下來的，並沒敢賣呢，留的尖兒[4]孝敬姑奶奶、姑娘們嘗嘗。姑娘們天天山珍海味的也吃膩了，這個吃個野意兒，也算是我們的窮心。」

平兒忙道：「多謝費心。」又讓坐，自己也坐了。又讓張嬸子周大娘坐，又命小丫頭子倒茶去。

周瑞、張材兩家的因笑道：「姑娘今兒臉上有些春色，眼圈兒都紅了。」

平兒笑道：「可不是。我原是不吃的，大奶奶和姑娘們只是拉著死灌，不得已喝了兩盅，臉就紅了。」

張材家的笑道：「我倒想著要吃呢，又沒人讓我。明兒再有人請姑娘，可帶了我去罷。」說著，大家都笑了。

4. 尖兒——指特出的人或物。

…周瑞家的道：「早起我就看見那螃蟹了，一斤只好秤兩三個。這麼兩三大簍，想是有七八十斤呢。若是上上下下只怕還不夠。」平兒道：「哪裡夠，不過都是有名兒的吃兩個子。那些散眾的，也有摸得著的，也有摸不著的。」

劉姥姥道：「這樣螃蟹，今年就值五分一斤。十斤五錢，五五二兩五，三五一十五，再搭上酒菜，一共倒有二十多兩銀子。阿彌陀佛！這一頓的錢夠我們莊家人過一年的了。」

平兒因問：「想是見過奶奶了？」

劉姥姥道：「見過了，叫我們等著呢。」說著，又往窗外看天氣，說道：「天好早晚了，我們也去罷，別出不去城才是饑荒呢。」

周瑞家的道：「這話倒是，我替妳瞧瞧去。」說著一逕去了，半日方來，笑道：「可是妳老的福來了，竟投了這兩個人的緣了。」

……平兒等問怎麼樣，周瑞家的笑道：「二奶奶在老太太的跟前呢。我原是悄悄的告訴二奶奶，『劉姥姥要家去呢，怕晚了趕不出城去。』二奶奶說：『大遠的，難為她扛了那些沉東西來，晚了就住一夜明兒再去。』這可不是投上二奶奶的緣了！

「這也罷了，偏生老太太又聽見了，問劉姥姥是誰。二奶奶便回明白了。老太太說：『我正想個積古[5]的老人家說話兒，請了來我見一見。』這可不是想不到天上緣分了！」說著，催劉姥姥下來前去。

劉姥姥道：「我這生像兒怎好見的！好嫂子，妳就說我去了罷。」

平兒忙道：「妳快去罷，不相干的。我們老太太最是惜老憐貧的，比不得那個狂三詐四的那些人。想是妳怯上，我和周大娘送妳去。」說著，同周瑞家的引了劉姥姥往賈母這邊來。

5.積古——謂閱歷豐富，見多識廣。

……二門口該班的小廝們見了平兒出來，都站起來了，又有兩個又跑上來，趕著平兒叫「姑娘」。平兒問：「又說什麼？」那小廝笑道：「這會子也好早晚了，我媽病著，等我去請大夫。好姑娘，我討半日假可使得？」平兒道：「你們倒好，都商議定了，一天一個告假，又不回奶奶，只和我胡纏。前兒住兒去了，二爺偏生叫他，叫不著，我應起來了，還說我作了情。你今兒又來了。」周瑞家的道：「當真的，他媽病了，姑娘也替他應著，放了他罷。」平兒道：「明兒一早來。聽著，我還要使你呢，再睡得日頭晒著屁股再來！你這一去，帶個信兒給旺兒，就說奶奶的話，問著他那剩的利錢。明兒若不交了來，奶奶也不要了，就索性送他使罷。」那小廝歡天喜地答應去了。

……平兒等來至賈母房中，彼時大觀園中姊妹們都在賈母前承奉。劉姥姥進去，只見滿屋裡珠圍翠繞，花枝招展的，並不知都係何人。

只見一張榻上歪著一位老婆婆，身後坐著一個紗羅裹的美人一般的一個丫鬟在那裡捶腿，鳳姐兒站著正說笑。劉姥姥便知是賈母了，忙上來陪著笑，福[6]了幾福，口裡說：「請老壽星安。」賈母亦忙欠身問好，又命周瑞家的端過椅子來坐著。那板兒仍是怯人，不知問候。

賈母道：「老親家，妳今年多大年紀了？」

劉姥姥忙立身答道：「我今年七十五了。」

賈母向眾人道：「這麼大年紀了，還這麼健朗。比我大好幾歲呢。我要到這麼大年紀，還不知怎麼動不得呢。」

劉姥姥笑道：「我們生來是受苦的人，老太太生來是享福的。若我們也這樣，那些莊稼活也沒人做了。」

賈母道：「眼睛牙齒都還好？」

6. **福**——指古代女子與人相見時的一種禮節，也叫「萬福」。行禮時上身微彎，兩手抱拳在胸前右上方上下移動。

劉姥姥道：「都還好，就是今年左邊的槽牙活動了。」

賈母道：「我老了，都不中用了，眼也花，耳也聾，記性也沒了。你們這些老親戚，我都不記得了。親戚們來了，我怕人笑我，我都不會，不過嚼的動的吃兩口，睡一覺，悶了時和這些孫子、孫女兒頑笑一回就完了。」

劉姥姥笑道：「這正是老太太的福了。我們想這麼著也不能。」

賈母道：「什麼福，不過是個老廢物罷了。」說得大家都笑了。

……賈母又笑道：「我才聽見鳳哥兒說，妳帶了好些瓜菜來，叫她快收拾去了，我正想個地裡現擷的瓜兒、菜兒吃。外頭買的，不像妳們田地裡的好吃。」

劉姥姥笑道：「這是野意兒，不過吃個新鮮。依我們倒想魚肉吃，只是吃不起。」

賈母又道：「今兒既認著了親，別空空兒的就去。不嫌我這裡，就住一兩天再去。我們也有個園子，園子裡頭也有果子，妳明日也嘗嘗，帶些家去，也算看親戚一趟。」

鳳姐兒見賈母喜歡，也忙留道：「我們這裡雖不比妳們的場院大，空屋子還有兩間。妳住兩天，把妳們那裡的新聞故事兒說些與我們老太太聽聽。」

賈母笑道：「鳳丫頭別拿她取笑兒。她是鄉屯裡的人，老實，哪裡擱得住妳打趣她。」說著，又命人去先抓果子與板兒吃。板兒見人多了，又不敢吃。賈母又命拿些錢給他，叫小么兒[7]們帶他外頭玩去。

7. 小么兒——年紀小的男僕。

……劉姥姥吃了茶，便把些鄉村中所見所聞的事情說與賈母，賈母越發得了趣味。正說著，鳳姐兒便令人來請劉姥姥吃晚飯。賈母又將自己的菜揀了幾樣，命人送過去與劉姥姥吃。

鳳姐知道合了賈母的心，吃了飯便又打發過來。鴛鴦忙命老婆子帶了劉姥姥去洗了澡，自己挑了兩件隨常的衣服命給劉姥姥換上。那劉姥姥哪裡見過這般行事，忙換了衣裳出來，坐在賈母榻前，又搜尋些話出來說。

彼時寶玉姊妹們也都在這裡坐著，他們何曾聽見過這些話，自覺比那些瞽目先生[8]說的書還好聽。

……那劉姥姥雖是個村野人，卻生來的有些見識，況且年紀老了，世情上經歷過的，見頭一個賈母高興，第二見這些哥兒姐兒們都愛聽，便沒了話也編出些話來講。

因說道：「我們村莊上種地種菜，每年每日，春夏秋冬，風裡雨裡，哪裡有個坐著的空兒，天天都是在那地頭子上作歇馬涼亭[9]，什麼奇奇怪怪的事不見呢。就像去年冬天，接連下了幾天雪，地下壓了三四尺深。我那日起得早，還沒出房門，只聽外頭柴草響。我想著必定是有人偷柴草來了。我爬

8. **瞽目先生**——瞎眼的說書先生。

9. **歇馬涼亭**——舊時驛路上供行人歇馬休息的亭子，這裡是說老百姓把地頭當「歇馬涼亭」來休息。

著窗眼兒一瞧，卻不是我們村莊上的人。」賈母道：「必定是過路的客人們冷了，見現成的柴，抽些烤火去也是有的。」劉姥姥笑道：「也並不是客人，所以說來奇怪。老壽星當個什麼人？原來是一個十七八歲極標緻的小姑娘，梳著溜油光的頭，穿著大紅襖兒、白綾裙子……」

……剛說到這裡，忽聽外面人吵嚷起來，有說：「不相干的，別唬著老太太！」賈母等聽了，忙問怎麼了。丫鬟回說：「南院馬棚裡走了水[10]，不相干，已經救下去了。」賈母最膽小的，聽了這話，忙起身扶了人出至廊上來瞧，只見東南上火光猶亮。

賈母唬得口內念佛，忙命人去火神跟前燒香。王夫人等也忙都過來請安，又回說：「已經下去了，老太太請進房去罷。」賈母足足的看著火光熄了，方領眾人進來。

10. 走了水—即「失了火」的意思。舊日迷信，忌諱說「失火」，改用「走水」來代替。

……寶玉且忙著問劉姥姥：「那女孩兒大雪地裡作什麼抽柴草？倘或凍出病來呢？」

賈母道：「都是才說抽柴草惹出火來了，你還問呢！別說這個了，再說別的罷。」寶玉聽說，心內雖不樂，也只得罷了。

……劉姥姥便又想了一篇話，說道：「我們莊子東邊，有個老奶奶子，今年九十多歲了。她天天吃齋念佛，誰知就感動了觀音菩薩，夜裡來托夢說：『妳這樣虔心，原本妳該絕後的，如今奏了玉皇，給妳個孫子。』

「原來這老奶奶只有一個兒子，這兒子也只一個兒子，好容易養到十七八歲上死了，哭得什麼似的。後果然又養了一個，今年才十三四歲，生的雪團兒一般，聰明伶俐非常。可見這些神佛是有的。」這一席話，實合了賈母王夫人的心事，連王夫人也都聽住了。

……寶玉心中只記掛著抽柴的故事，因悶悶的心中籌畫。

探春因問他：「昨日擾了史大妹妹，咱們回去商議著邀一社，又還了席，也請老太太賞菊花何如？」

寶玉笑道：「老太太說了，還要擺酒還史妹妹的席，叫咱們作陪呢。等吃了老太太的，咱們再請不遲。」

探春道：「越往前去越冷了，老太太未必高興。」

……寶玉道：「老太太又喜歡下雨下雪的。不如咱們等下頭場雪，請老太太賞雪豈不好？咱們雪下吟詩也更有趣了。」

林黛玉忙笑道：「咱們雪下吟詩？依我說，還不如弄一捆柴火，雪下抽柴，不更有趣兒呢！」說著，寶釵等都笑了。寶玉瞅了她一眼，也不答話。

……一時散了，背地裡寶玉到底拉了劉姥姥，細問那女孩兒是誰。

劉姥姥只得編了告訴他道：「那原是我們莊北沿地埂子上有一個小祠堂裡供的，不是神佛，當先有個什麼老爺。」說著又想名姓。

寶玉道：「不拘什麼名姓，妳不必想了，只說原故就是了。」

劉姥姥道：「這老爺沒有兒子，只有一位小姐，名叫茗玉。小姐知書識字，老爺太太愛如珍寶。可惜這茗玉小姐生到十七歲，一病死了。」

寶玉聽了，跌足嘆惜，又問：「後來怎麼樣？」

劉姥姥道：「因為老爺、太太思念不盡，便蓋了這祠堂，塑了這茗玉小姐的像，派了人燒香撥火。如今日久年深的，人也沒了，廟也爛了，那個像就成了精。」

寶玉忙道：「不是成精，規矩這樣人是雖死不死的。」

劉姥姥道：「阿彌陀佛！原來如此。不是哥兒說，我們都當她成精。她時常變了人出來各村莊店道上閒逛。我才說這抽柴火的就是她了。我們村莊上的人還商議著要打了這塑像、平了廟呢。」

寶玉忙道：「快別如此。若平了廟，罪過不小。」

劉姥姥道：「幸虧哥兒告訴我，我明兒回去攔住他們就是了。」

……寶玉道：「我們老太太、太太都是善人，合家大小也都好善喜捨，最愛修廟塑神的。我明兒做一個疏頭[11]，替妳化些布施，妳就做香頭[12]，攢了錢把這廟修蓋，再裝潢了泥像，每月給妳香火錢燒香豈不好？」

劉姥姥道：「若這樣，我托那小姐的福，也有幾個錢使了。」

寶玉又問她地名莊名，來往遠近，坐落何方。劉姥姥便順口胡謅了出來。

11.疏頭——稱分條陳述事情的文字及僧道拜懺所焚化的祝文等為「疏」，也叫「疏頭」。這裡指修廟募捐的啟事。

12.香頭——寺廟中管香火人的頭目。

…寶玉信以為真，回至房中盤算了一夜。次日一早，便出來給了茗煙幾百錢，按著劉姥姥說的方向、地名，著茗煙去先踏看明白，回來再做主意。

那茗煙去後，寶玉左等也不來，右等也不來，急得熱鍋上的螞蟻一般。好容易等到日落，方見茗煙興興頭頭的回來。寶玉忙道：「可有廟了。」

茗煙笑道：「爺聽得不明白，叫我好找。那地名坐落不似爺說的一樣，所以找了一日，找到東北上田埂子上才有一個破廟。」

…寶玉聽說，喜的眉開眼笑，忙說道：「劉姥姥有年紀的人，一時錯記了也是有的。你且說你見的。」

茗煙道：「那廟門卻倒是朝南開，也是稀破的。我找得正沒好氣，一見這個，我說『可好了』，連忙進去。一看泥胎，唬得我跑出來了，活似真的一般。」

寶玉喜得笑道：「她能變化人了，自然有些生氣。」

茗煙拍手道：「那裡有什麼女孩兒，竟是一位青臉紅髮的瘟神爺。」

……寶玉聽了，啐了一口，罵道：「真是一個無用的殺才[13]！這點子事也幹不來。」

茗煙道：「二爺又不知看了什麼書，或者聽了誰的混話，信真了，把這件沒頭腦的事派我去碰頭，怎麼說我沒用呢？」

寶玉見他急了，忙撫慰他道：「你別急。改日閒了你再找去。若是她哄我們呢，自然沒了，若竟是有的，你豈不也積了陰騭。我必重重的賞你。」

正說著，只見二門上的小廝來說：「老太太房裡的姑娘們站在二門口找二爺呢。」要知端詳，下回分解。

13. 殺才──佯嗔之詞。

◎第四〇回◎

史太君兩宴大觀園
金鴛鴦三宣牙牌令

……話說寶玉聽了，忙進來看時，只見琥珀站在屏風跟前說：「快去吧，立等你說話呢。」

……寶玉來至上房，只見賈母正和王夫人、眾姊妹商議給史湘雲還席。

寶玉因說道：「我有個主意。既沒有外客，吃的東西也別定了樣數，誰素日愛吃的揀樣兒做幾樣。也不要按桌席，每人跟前擺一張高几，各人愛吃的東西一兩樣，再一個什錦攢心盒子，自斟壺，豈不別致！」

賈母聽了，說：「很是。」忙命人傳與廚房：「明日就揀我們愛吃的東西做了，按著人數，再裝了盒子來。早飯也擺在園子裡吃。」商議之間，早又掌燈，一夕無話。

……次日清早起來，可喜這日天氣清朗。李紈侵晨先起，看著老婆子、丫頭們掃那些落葉，並擦抹桌椅，預備茶酒器皿。只見豐兒帶了劉姥姥、板兒進來，說：「大奶奶倒忙得緊。」李紈笑道：「我說妳昨兒去不成，只忙著要去。」劉姥姥笑道：「老太太留下我，叫我也熱鬧一天去。」

……豐兒拿了幾把大小鑰匙，說道：「我們奶奶說了，外頭的高几恐不夠使，不如開了樓把那收著的拿下來使一天罷。奶奶原該親自來的，因和太太說話呢，請大奶奶開了，帶著人搬罷。」李氏便命素雲接了鑰匙，又命婆子出去把二門上的小廝叫幾個來。

李氏站在大觀樓下往上看，命人上去開了綴錦閣，一張一張往下抬。小廝、老婆子、丫頭一齊動手，抬了二十多張下來。李紈道：「好生著，別慌慌張張鬼趕來似的，仔細碰了牙子[1]！」

……又回頭向劉姥姥笑道：「姥姥也上去瞧瞧。」劉姥姥聽說，巴不得一聲兒，便拉了板兒登梯上去。進裡面，只見烏壓壓的堆著些圍屏、桌椅、大小花燈之類，雖不大認得，只見五彩炫耀，各有奇妙。念了幾聲佛便下來了。然後鎖上門，一齊才下來。

……李紈道：「恐怕老太太高興，索性把船上划子、篙槳、遮陽幔子都搬了下來預備著。」眾人答應，又復開了，色色的搬了下來。命小廝傳駕娘們到船塢裡撐出兩隻船來。

1. 牙子——物體周圍雕花的裝飾或突出的部分。

……正亂著安排，只見賈母已帶了一群人進來了。李紈忙迎上去，笑道：「老太太高興，倒進來了。我只當還沒梳頭呢，才擷了菊花要送去。」一面說，一面碧月早捧過一個大荷葉式的翡翠盤子來，裡面養著各色折枝菊花。賈母便揀了一朵大紅的簪於鬢上。

因回頭看見了劉姥姥，忙笑道：「過來戴花兒。」一語未完，鳳姐便拉過劉姥姥來笑道：「讓我打扮妳。」說著，將一盤子花橫三豎四的插了一頭。賈母和眾人笑的不住。

劉姥姥笑道：「我這頭也不知修了什麼福，今兒這樣體面起來。」

眾人笑道：「妳還不拔下來摔到她臉上呢，把妳打扮得成了個老妖精了。」

劉姥姥笑道：「我雖老了，年輕時也風流，愛個花兒粉兒的，今兒老風流才好。」

……說笑之間，已來至沁芳亭子上。丫鬟們抱了一個大錦褥子來，鋪在欄杆榻板上。賈母倚柱坐下，命劉姥姥也坐在旁邊，因問她：「這園子好不好？」

劉姥姥念佛說道：「我們鄉下人到了年下，都上城來買畫兒貼。時常閒了，大家都說，怎麼得也到畫兒上去逛逛。想著那個畫兒也不過是假的，哪裡有這個真地方呢。誰知我今兒進了這園子裡一瞧，竟比那畫兒還強十倍。怎麼得有人也照著這個園子畫一張，我帶了家去，給他們見見，死了也得好處。」

賈母聽說，便指著惜春笑道：「妳瞧我這個小孫女兒，她就會畫。等明兒叫她畫一張如何？」

劉姥姥聽了喜得忙跑過來，拉著惜春說道：「我的姑娘，妳這麼大年紀兒，又這麼個好模樣，還有這個能幹，別是個神仙托生的罷！」

……賈母少歇一回，自然領著劉姥姥都見識見識，先到了瀟湘館。一進門，只見兩邊翠竹夾路，土地下蒼苔布滿，中間羊腸一條石子漫的路。

劉姥姥讓出路來與賈母眾人走，自己卻赾走[2]土地。

琥珀拉她說道：「姥姥，妳上來走，仔細蒼苔滑了！」

劉姥姥道：「不相干的，我們走熟的，姑娘們只管走罷。可惜妳們的那繡鞋，別沾髒了。」她只顧上頭和人說話，不防底下果踩滑了，咕咚一跤跌倒。眾人都拍手哈哈的笑起來。

賈母笑罵道：「小蹄子們，還不攙起來！只站著笑。」

說話時，劉姥姥已爬了起來，自己也笑了，說道：「才說嘴就打了嘴。」

賈母問她：「可扭了腰了不曾？叫丫頭們捶一捶。」

劉姥姥道：「哪裡說得我這麼嬌嫩了。哪一天不跌兩下子，都要捶起來，還了得呢。」

2. 赾（音寢）走——小心地行走。

……紫鵑早打起湘簾，賈母等進來坐下。林黛玉親自用小茶盤捧了一蓋碗茶來奉與賈母。王夫人道：「我們不吃茶，姑娘不用倒了。」林黛玉聽說，便命丫頭把自己窗下常坐的一張椅子挪到下首，請王夫人坐了。

劉姥姥因見窗下案上設著筆硯，又見書架上磊著滿滿的書，劉姥姥道：「這必定是哪位哥兒的書房了。」

賈母笑指黛玉道：「這是我這外孫女兒的屋子。」劉姥姥留神打量了林黛玉一番，方笑道：「這哪裡像個小姐的繡房，竟比那上等的書房還好。」

……賈母因問：「寶玉怎麼不見？」

眾丫頭們答說：「在池子裡船上呢。」

賈母道：「誰又預備下船了？」

李紈忙回說：「才開樓拿几，我恐怕老太太高興，就預備下了。」

賈母聽了，方欲說話時，人回說：「姨太太來了。」

賈母等剛站起來，只見薛姨媽早進來了，一面歸坐笑道：「今兒老太太高興，這早晚就來了。」

賈母笑道：「我才說來遲了的要罰她，不想姨太太就來遲了。」

……說笑一會，賈母因見窗上紗的顏色舊了，便和王夫人說道：「這個紗新糊上好看，過了後來就不翠了。這個院子裡頭又沒有個桃杏樹，這竹子已是綠的，再拿這綠紗糊上反不配。我記得咱們先有四五樣顏色糊窗的紗呢。明兒給她把這窗上的換了。」

鳳姐兒忙道：「昨兒我開庫房，看見大板箱裡還有好些匹銀紅蟬翼紗，也有各樣折枝花樣的，也有流雲卍福花樣的，也有百蝶穿花花樣的，顏色又鮮，紗又輕軟，我竟沒見過這樣的。拿了兩匹出來，作兩床綿紗被，想來一定是好的。」

賈母聽了笑道：「呸！人人都說妳沒有不經過不見過，連這個紗還不認得呢，明兒還說嘴！」

薛姨媽等都笑說：「憑她怎麼經過見過，如何敢比老太太呢。老太太何不教導了她，我們也聽聽。」

鳳姐兒也笑說：「好祖宗，教給我罷。」

……賈母笑向薛姨媽眾人道：「那個紗，比妳們的年紀還大呢。怪不得她認作蟬翼紗，原也有些像，不知道的都認作蟬翼紗。正經名字叫作『軟煙羅』。」

鳳姐兒道：「這個名兒也好聽。只是我這麼大了，紗羅也見過幾百樣，從沒聽見過這個名兒。」

賈母笑道：「妳能夠活了多大，見過幾樣沒處放的東西，就說嘴來了。那個軟煙羅只有四樣顏色：一樣雨過天晴，一樣秋香色，一樣松綠的，一樣就是銀紅的；若是做了帳子，糊了窗屜，遠遠的看著就似煙霧一樣，所以叫作『軟煙羅』。那銀紅的又叫作『霞影紗』。如今上用的府紗也沒有這樣軟厚輕密的了。」

薛姨媽笑道：「別說鳳丫頭沒見，連我也沒聽見過。」

……鳳姐兒一面說話，早命人取了一匹來了。

賈母說：「可不是這個，先時原不過是糊窗屜，後來我們拿這個作被、作帳子試試，也竟好。明兒就找出幾匹來，拿銀紅的替她糊窗子。」鳳姐答應著。眾人都看了，稱讚不已。

劉姥姥也覷著眼看個不了，念佛道：「我們想它作衣裳也不能，拿著糊窗子，豈不可惜？」

賈母道：「倒是做衣裳不好看。」

…鳳姐忙把自己身上穿的一件大紅綿紗襖子襟兒拉了出來，向賈母薛姨媽道：「看我的這襖兒。」

賈母、薛姨媽都說：「這也是上好的了，如今上用內造的，竟比不上這個。」

鳳姐兒道：「這個薄片子，還說是上用內造呢，竟連這個官用的也比不上了。」

賈母道：「再找一找，只怕還有青的。若有時，都拿出來，送這劉親家兩匹，再做一個帳子我掛，下剩的添上裡子，做些夾背心子給丫頭們穿，白收著霉壞了。」鳳姐忙答應了，仍令人送去。

…賈母起身笑道：「這屋裡窄，再往別處逛去。」

劉姥姥念佛道：「人人都說大家子住大房。昨兒見了老太太正房，配上大箱、大櫃、大桌子、大床，果然威武。那櫃子比我們一間房子還大還高。怪道後院子裡有個梯子。我想又不上房晒東西，預備個梯子作什麼？後來我想起來，定是為開頂櫃、收放東西，離了那梯子怎麼得上去呢？如今又見了這小屋子，更比大的越發齊整了。滿屋裡的東西都只好看，都不知叫什麼，我越看越捨不得離了這裡。」

鳳姐道：「還有好的呢，我都帶妳去瞧瞧。」說著一逕了離瀟湘館。

……遠遠望見池中一群人在那裡撐船。賈母道：「他們既預備下船，咱們就坐。」說著，便向紫菱洲蓼漵一帶走來。未至池前，只見幾個婆子手裡都捧著一色捏絲戧金[3]五彩大盒子走來。

鳳姐忙問王夫人早飯在那裡擺。王夫人道：「問老太太在哪

3. 捏絲戧（音熗）金——把捏成各種圖案花紋的金絲嵌在器物上。

裡，就在哪裡擺罷了。」

賈母聽說，便回頭說：「妳三妹妹那裡就好。妳就帶了人擺去，我們從這裡坐了船去。」

……鳳姐聽說，便回身同了李紈、探春、鴛鴦、琥珀帶著端飯的人等，抄著近路到了秋爽齋，就在曉翠堂上調開桌案。

鴛鴦笑道：「天天咱們說外頭老爺們吃酒吃飯都有一個篾片[4]相公，拿他取笑兒。咱們今兒也得了一個女篾片了。」

李紈是個厚道人，聽了不解。

鳳姐兒卻知道說的是劉姥姥了，也笑說道：「咱們今兒就拿她取個笑兒。」二人便如此這般的商議。

李紈笑勸道：「妳們一點好事也不做，又不是個小孩兒，還這麼淘氣，仔細老太太說。」

鴛鴦笑道：「很不與妳相干，有我呢。」

4. **篾片**——對在豪門富家幫閒的清客的俗稱。「篾片」也叫「清客」，指傳統中國在富貴場中幫閒湊趣的知識分子。

……正說著，只見賈母等來了，各自隨便坐下。先有丫頭端過兩盤茶來，大家吃畢。鳳姐手裡拿著西洋布手巾，裹著一把烏木三鑲銀箸，敁敠[5]人位，按席擺下。

賈母因說：「把那一張小楠木桌子抬過來，讓劉親家近我這邊坐著。」眾人聽說，忙抬了過來。鳳姐一面遞眼色與鴛鴦，鴛鴦便拉了劉姥姥出去，悄悄的囑咐了劉姥姥一席話，又說：「這是我們家的規矩，若錯了，我們就笑話呢。」調停已畢，然後歸坐。

薛姨媽是吃過飯來的，不吃，只坐在一邊吃茶。賈母帶著寶玉、湘雲、黛玉、寶釵一桌，王夫人帶著迎春姊妹三個人一桌，劉姥姥傍著賈母一桌。賈母素日吃飯，皆有小丫鬟在旁邊，拿著漱盂、麈尾、巾帕之物。如今鴛鴦是不當這差的了，今日鴛鴦偏接過麈尾來拂著。丫鬟們知道她要撮弄劉姥姥，便躲開讓她。

5. 敁敠（音顛多）——估量、盤算。

鴛鴦一面侍立，一面悄向劉姥姥說道：「別忘了。」

劉姥姥道：「姑娘放心。」

……那劉姥姥入了座，拿起箸來，沉甸甸的不伏手[6]。原是鳳姐和鴛鴦商議定了，單拿一雙老年四楞象牙鑲金的筷子與劉姥姥。劉姥姥見了，說道：「這叉爬子[7]比俺那裡鐵鍁[8]還沉，哪裡犟[9]得過它。」說得眾人都笑起來。

……只見一個媳婦端了一個盒子站在當地，一個丫鬟上來揭去盒蓋，裡面盛著兩碗菜。李紈端了一碗放在賈母桌上。鳳姐兒偏揀了一碗鴿子蛋放在劉姥姥桌上。賈母這邊說聲「請」，劉姥姥便站起身來，高聲說道：「老劉，老劉，食量大似牛，吃個老母豬不抬頭。」自己卻鼓著腮不語。

6.不伏手——不順手，不聽使喚。

7.叉爬子——北京方言，指筷子。

8.鐵鍁（音掀）——掘土或鏟東西的工具。頭為板狀長方形，用熟鐵或鋼打成。一端安有長的木把。

9.犟——倔強固執的樣子。

……眾人先是發怔，後來一聽，上上下下都哈哈的大笑起來。史湘雲撐不住，一口飯都噴了出來；林黛玉笑岔了氣，伏著桌子叫「噯喲」；寶玉早滾到賈母懷裡，賈母笑得摟著寶玉叫「心肝」；王夫人笑得用手指著鳳姐兒，只說不出話來；薛姨媽也撐不住，口裡的茶噴了探春一裙子；探春手裡的飯碗都合在迎春身上；惜春離了座位，拉著她奶母叫「揉一揉腸子」。

地下的無一個不彎腰屈背，也有躲出去蹲著笑去的，也有忍著笑上來替她姊妹換衣裳的，獨有鳳姐、鴛鴦二人撐著，還只管讓劉姥姥。

……劉姥姥拿起箸來，只覺不聽使，又說道：「這裡的雞兒也俊，下的這蛋也小巧，怪俊的。我且肏攮[10]一個。」眾人方住了笑，聽見這話，又笑起來。賈母笑得眼淚出來，琥珀在

10.肏攮——粗鄙的話，指吃喝。

後捶著。

賈母笑道：「這定是鳳丫頭促狹鬼兒鬧的，快別信她的話了。」

那劉姥姥正誇雞蛋小巧，要肏攮一個，鳳姐兒笑道：「一兩銀子一個呢，妳快嘗嘗罷，那冷了就不好吃了。」

劉姥姥便伸箸子要夾，哪裡夾得起來，滿碗裡鬧了一陣，好容易撮起一個來，才伸著脖子要吃，偏又滑下來滾在地下，忙放下箸子要親自去撿，早有地下的人撿了出去了。

劉姥姥嘆道：「一兩銀子，也沒聽見響聲兒就沒了。」眾人已沒心吃飯，都看著她笑。

……賈母又說：「這會子又把那個筷子拿了出來？又不請客擺大筵席。都是鳳丫頭支使的，還不換了呢！」地下的人原不曾預備這牙箸，本是鳳姐和鴛鴦拿了來的，聽如此說，忙收了過去，也照樣換上一雙烏木鑲銀的。

劉姥姥道：「去了金的，又是銀的，到底不及俺們那個伏手。」

鳳姐兒道：「菜裡若有毒，這銀子下去了就試得出來。」

劉姥姥道：「這個菜裡有毒，俺們那些菜都成了砒霜了。哪怕毒死了，也要吃盡了。」賈母見她如此有趣，吃得又香甜，把自己的也都端過來與她吃。又命一個老嬤嬤來，將各樣的菜給板兒夾在碗裡。

……一時吃畢，賈母等都往探春臥室中去說閒話。

……這裡收拾過殘桌，又放了一桌。劉姥姥看著李紈與鳳姐兒對坐著吃飯，嘆道：「別的罷了，我只愛妳們家這行事。怪道說『禮出大家』。」

鳳姐兒忙笑道：「妳可別多心，才剛不過大家取樂兒。」一言末了，鴛鴦也進來笑道：「姥姥別惱，我給妳老人家賠個不是。」

劉姥姥笑道：「姑娘說那裡話，咱們哄著老太太開個心兒，可有什麼惱的！妳先囑咐我，我就明白了，不過大家取個笑兒。我要心裡惱，也就不說了。」

……鴛鴦便罵人：「為什麼不倒茶給姥姥吃。」

劉姥姥忙道：「剛才那個嫂子倒了茶來，我吃過了。姑娘也該用飯了。」

鳳姐兒便拉鴛鴦：「妳坐下和我們吃了罷，省得回來又鬧。」鴛鴦便坐下了。婆子們添上碗箸來，三人吃畢。

劉姥姥笑道：「我看妳們這些人都只吃這一點兒就完了，虧妳們也不餓。怪道風兒都吹得倒。」

…鴛鴦便問：「今兒剩的菜不少，都那去了？」

婆子們道：「都還沒散呢，在這裡等著一齊散與她們吃。」

鴛鴦道：「她們吃不了這些，挑兩碗給二奶奶屋裡平丫頭送去。」

鳳姐兒道：「她早吃了飯了，不用給她。」

鴛鴦道：「她不吃了，喂你們的貓。」婆子聽了，忙揀了兩樣拿盒子送去。

鴛鴦道：「素雲那去了？」

李紈道：「她們都在這裡一處吃，又找她作什麼。」

鴛鴦道：「這就罷了。」

鳳姐兒道：「襲人不在這裡，妳倒是叫人送兩樣給她去。」

鴛鴦聽說，便命人也送兩樣去後，鴛鴦又問婆子們：「回來吃酒的攢盒可裝上了？」

婆子道：「想必還得一回子。」鴛鴦道：「催著些兒。」婆子應喏了。

……鳳姐兒等來至探春房中，只見她娘兒們正說笑。

……探春素喜闊朗，這三間屋子並不曾隔斷。當地放著一張花梨大理石大案，案上磊著各種名人法帖[11]，並數十方寶硯，各色筆筒、筆海[12]內插的筆如樹林一般。那一邊設著斗大的一個汝窯花囊[13]，插著滿滿的一囊水晶球的白菊。西牆上當中掛著一大幅米襄陽[14]《煙雨圖》，左右掛著一副對聯，乃是顏魯公墨迹，其詞云：

煙霞閑骨格　泉石野生涯[15]

案上設著大鼎。左邊紫檀架上放著一個大觀窯的大盤，盤內盛著數十個嬌黃玲瓏大佛手。右邊洋漆架上懸著一個白玉比目

11. 法帖——指書法的臨帖。

12. 筆海——插筆的器具，筆筒。

13. 汝窯花囊——汝窯所燒製的花囊。**花囊**，插花的用具，肚子和口徑均較花瓶為大，囊口封閉，上有圓孔多個，便於插枝軟而朵大的花。

14. 米襄陽——即米南宮，本名米芾，因是襄陽人，故稱米襄陽。宋代書畫家，善畫煙雨山水。

15. 「煙霞」一聯——

磬，旁邊掛著小錘。

……那板兒略熟了些，便要摘那錘子要擊，丫鬟們忙攔住他。他又要佛手吃，探春揀了一個與他說：「玩罷，吃不得的。」東邊便設著臥榻，拔步床[16]上懸著蔥綠雙繡花卉草蟲的紗帳。板兒又跑過來看，說「這是蟈蟈，這是螞蚱。」劉姥姥忙打他一巴掌，罵道：「下作黃子[17]，沒乾沒淨的亂鬧！倒叫你進來瞧瞧，就上臉[18]了。」打得板兒哭起來，眾人忙勸解方罷。

……賈母因隔著紗窗往後院內看了一回，說道：「這後廊檐下的梧桐也好了，就只細些。」正說話，忽一陣風過，隱隱聽得鼓樂之聲。賈母問「是誰家娶親呢？這裡臨街倒近。」王夫人等笑回道：「街上的哪裡聽得見，這是咱們的那十來個

對古代隱士浪跡山林優閑情趣的寫照。

煙霞，代指山水，山林。

骨格，性情、志趣、格調的意思。

16.拔步床——一種結構高大的木床。床前有一個鏤刻的花罩，進了花罩門，是同床面一樣寬的前沿部分。床兩邊有兩座小櫃，床屜下有抽斗。

17.下作黃子——下流種子。隋代稱三歲以下的小孩為「黃」，唐代稱初生的嬰兒為「黃」。

18.上臉——因受寵而撒嬌逞能的意思。

女孩子們演習吹打呢。」

賈母便笑道：「既是她們演習。何不叫她們進來演習。她們也逛一逛，咱們可又樂了。」

鳳姐聽說，忙命人出去叫來，又一面吩咐擺下條桌，鋪上紅氈子。

賈母道：「就鋪排在藕香榭的水亭子上，借著水音更好聽。回來咱們就在綴錦閣底下吃酒，又寬闊，又聽得近。」眾人都說那裡好。

……賈母向薛姨媽笑道：「咱們走罷。她們姊妹們都不大喜歡人來坐著，怕髒了屋子。咱們別沒眼色，正經坐一回子船喝酒去。」說著，大家起身便走。

探春笑道：「這是哪裡的話，求著老太太、姨媽、太太來坐坐還不能呢！」

賈母笑道：「我的這三丫頭卻好，只有兩個玉兒可惡。回來吃醉了，咱們偏往他們屋裡鬧去。」說著，眾人都笑了。

……一齊出來。走不多遠，已到了荇葉渚。那姑蘇選來的幾個駕娘[19]，早把兩隻棠木舫撐來。眾人扶了賈母、王夫人、薛姨媽、劉姥姥、鴛鴦、玉釧兒上了這一隻，落後李紈也跟上去。鳳姐兒也上去，立在船頭上，也要撐船。賈母在艙內道：「這不是玩的，雖不是河裡，也有好深的。妳快給我進來！」

鳳姐兒笑道：「怕什麼！老祖宗只管放心。」說著便一篙點開。到了池當中，船小人多，鳳姐只覺亂晃，忙把篙子遞與駕娘，方蹲下了。然後迎春姊妹等並寶玉上了那隻，隨後跟來。其餘老嬤嬤散眾丫鬟俱沿河隨行。

寶玉道：「這些破荷葉可恨，怎麼還不叫人來拔去。」

19. 駕娘——船娘，操舟的婦人。

寶釵笑道：「今年這幾日，何曾饒了這園子閒了，天天逛，哪裡還有叫人來收拾的工夫。」

林黛玉道：「我最不喜歡李義山的詩，只喜他這一句：『留得殘荷聽雨聲』。偏你們又不留著殘荷了。」

寶玉道：「果然好句，以後咱們就別叫人拔去了。」說著，已到了花漵的蘿港之下，覺得陰森透骨，兩灘上衰草殘菱，更助秋情。

……賈母因見岸上的清廈曠朗，便問：「這是妳薛姑娘的屋子不是？」眾人道：「是。」賈母忙命攏岸，順著雲步石梯上去，一同進了蘅蕪苑，只覺異香撲鼻。那些奇草仙藤愈冷愈蒼翠，都結了實，似珊瑚豆子一般，累垂可愛。

及進了房屋，雪洞一般，一色玩器全無，案上只有一個土定瓶[20]，瓶中供著數枝菊花，並兩部書、茶奩、茶杯而已。床上

20. 土定瓶——定窯燒製的一種質地較粗的瓶子。土定，定窯瓷的品種之一。

只吊著青紗帳幔，衾褥也十分樸素。

……賈母嘆道：「這孩子太老實了。妳沒有陳設，何妨和妳姨娘要些。我也不理論，也沒想到，妳們的東西自然在家裡沒帶了來。」說著，命鴛鴦去取些古董來，又嗔著鳳姐兒：「不送些玩器來與妳妹妹，這樣小器！」

王夫人、鳳姐兒等都笑回說：「她自己不要的。我們原送了來，都退回去了。」

薛姨媽也笑說：「她在家裡也不大弄這些東西的。」

……賈母搖頭說：「使不得。雖然她省事，倘或來一個親戚，看著不像；二則年輕的姑娘們，房裡這樣素淨，也忌諱。我們這老婆子，越發該住馬圈去了。妳們聽那些書上、戲上說的，小姐們的繡房精緻的還了得呢。她們姊妹們雖不敢比那些小姐們，也不要很離了格兒。有現成的東西，為什麼不擺？若很愛素淨，少幾樣倒使得。

「我最會收拾屋子的，如今老了，沒這閒心了。她們姊妹們也還學著收拾的好，只怕俗氣，有好東西也擺壞了。我看她們還不俗。如今讓我替妳收拾，包管又大方又素淨。我的梯己兩件，收到如今，沒給寶玉看見過，若經了他的眼，也沒了。」

說著，叫過鴛鴦來，親吩咐道：「妳把那石頭盆景兒和那架紗桌屏，還有個墨煙凍石鼎，這三樣擺在這案上就夠了。再把那水墨字畫白綾帳子拿來，把這帳子也換了。」

鴛鴦答應著，笑道：「這些東西都擱在東樓上的不知那個箱子裡，還得慢慢找去，明兒再拿去也罷了。」

賈母道：「明日後日都使得，只別忘了。」

……說著，坐了一會方出來，一逕來至綴錦閣下。文官等上來請過安，因問演習何曲。賈母道：「只揀妳們生的演習幾套罷。」文官等下來，往藕香榭去，不提。

……這裡鳳姐兒已帶著人擺設整齊，上面左右兩張榻，榻上都鋪著錦裀蓉簟[21]，每一榻前有兩張雕漆几，也有海棠式的，也有梅花式的，也有荷葉式的，也有葵花式的，也有方的，也有圓的，其式不一。一個上面放著爐瓶[22]，一分攢盒；一個上面空設著，預備放人所喜食物。上面二榻四几，是賈母薛姨媽；下面一椅兩几，是王夫人的，餘者都是一椅一几。東邊是劉姥姥，劉姥姥之下便是王夫人。西邊便是史湘雲，第二便是寶釵，第三便是黛玉，第四迎春、探春、惜春，挨次下去，寶玉在末。李紈、鳳姐二人之几設於三層檻內，二層紗櫥之外。攢盒式樣，亦隨几之式樣。每人

21. 錦裀蓉簟——錦裀，這裡指華美的絲綢褥子。裀，褥子、墊子、毯子的通稱。蓉簟，有荷花圖案的竹席。

22. 爐瓶——焚香用具。

一把烏銀洋鏨自斟壺，一個十錦琺瑯杯。

……大家坐定，賈母先笑道：「咱們先吃兩杯，今日也行一令才有意思」

薛姨媽等笑道：「老太太自然有好酒令，我們如何會呢，安心要我們醉了。我們都多吃兩杯就是了。」

賈母笑道：「姨太太今兒也過謙起來，想是厭我老了。」

薛姨媽笑道：「不是謙，只怕行不上來倒是笑話了。」

王夫人忙笑道：「便說不上來，只多吃一杯酒，醉了睡覺去，還有誰笑話咱們不成？」

薛姨媽點頭笑道：「依令。老太太到底吃一杯令酒才是。」

賈母笑道：「這個自然。」說著便吃了一杯。

……鳳姐兒忙走至當地，笑道：「既行令，還叫鴛鴦姐姐來行更好。」眾人都知賈母所行之令必得鴛鴦提著，故聽了這話，都說「很是」。鳳姐兒便拉了鴛鴦過來。

王夫人笑道：「既在令內，沒有站著的理。」回頭命小丫頭子：「端一張椅子，放在你二位奶奶的席上。」鴛鴦也半推半就，謝了坐，便坐下，也吃了一鍾酒，笑道：「酒令大如軍令，不論尊卑，惟我是主。違了我的話，是要受罰的。」

王夫人等都笑道：「一定如此，快些說來。」

…鴛鴦未開口，劉姥姥便下了席，擺手道：「別這樣捉弄人，我家去了。」

眾人都笑道：「這卻使不得。」鴛鴦喝令小丫頭子們：「拉上席去！」小丫頭子們也笑著，果然拉入席中。

劉姥姥只叫：「饒了我罷！」

鴛鴦道：「再多言的罰一壺。」劉姥姥方住了聲。

鴛鴦道：「如今我說骨牌副兒，從老太太起，順領說下去，至劉姥姥止。比如我說一副兒，將這三張牌拆開，先說頭一張，次說第二張，再說第三張，說完了，合成這一副兒的名字。無論詩詞歌賦、成語俗話，比上一句，都要叶韻。錯了的罰一杯。」

眾人笑道：「這個令好，就說出來。」

鴛鴦道：「有了一副了。左邊是張『天』。」

賈母道：「頭上有青天。」眾人道：「好。」

鴛鴦道：「當中是個『五與六』。」

賈母道：「六橋梅花香徹骨。」

鴛鴦道：「剩得一張『六與么』。」

賈母道：「一輪紅日出雲霄。」

鴛鴦道：「湊成便是個『蓬頭鬼』。」

賈母道：「這鬼抱住鍾馗腿。」說完，大家笑說：「極妙。」賈母飲了一杯。

……鴛鴦又道：「有了一副。左邊是個『大長五』。」

薛姨媽道：「梅花朵朵風前舞。」

鴛鴦道：「右邊還是個『大五長』。」

薛姨媽道：「十月梅花嶺上香。」

鴛鴦道：「當中『二五』是雜七。」

薛姨媽道：「織女牛郎會七夕。」

鴛鴦道：「湊成『二郎遊五岳』。」

薛姨媽道：「世人不及神仙樂。」說完，大家稱賞，飲了酒。

……鴛鴦又道：「有了一副。左邊『長么』兩點明。」

湘雲道：「雙懸日月照乾坤。」
鴛鴦道：「右邊『長么』兩點明。」
湘雲道：「閑花落地聽無聲。」
鴛鴦道：「中間還得『么四』來。」
湘雲道：「日邊紅杏倚雲栽。」
鴛鴦道：「湊成『櫻桃九點熟』。」
湘雲道：「御園卻被鳥銜出。」說完飲了一杯。

……鴛鴦道：「有了一副。左邊是『長三』。」
寶釵道：「雙雙燕子語梁間。」
鴛鴦道：「右邊是『三長』。」
寶釵道：「水荇牽風翠帶長。」
鴛鴦道：「當中『三六』九點在。」
寶釵道：「三山半落青天外。」

鴛鴦道：「湊成『鐵鎖練孤舟』。」

寶釵道：「處處風波處處愁。」說完飲畢。

……鴛鴦又道：「左邊一個『天』。」

黛玉道：「良辰美景奈何天。」寶釵聽了，回頭看著她。黛玉只顧怕罰，也不理論。

鴛鴦道：「中間『錦屏』顏色俏。」

黛玉道：「紗窗也沒有紅娘報。」

鴛鴦道：「剩了『二六』八點齊。」

黛玉道：「雙瞻玉座引朝儀。」

鴛鴦道：「湊成『籃子』好採花。」

黛玉道：「仙杖香挑芍藥花。」說完飲了一口。

……鴛鴦道：「左邊『四五』成花九。」

迎春道：「桃花帶雨濃。」

眾人道：「該罰！錯了韻，而且又不像。」迎春笑著飲了一口。原是鳳姐兒和鴛鴦都要聽劉姥姥的笑話，故意都命說錯，都罰了。至王夫人，鴛鴦代說了一個，下便該劉姥姥。

……劉姥姥道：「我們莊稼人閒了，也常會幾個人弄這個，但不如說得這麼好聽。少不得我也試一試。」

眾人都笑道：「容易說的。妳只管說，不相干。」

鴛鴦笑道：「左邊『四四』是個人。」

劉姥姥聽了想了半日，說道：「是個庄家人罷。」眾人哄堂笑了。

賈母笑道：「說得好，就是這樣說。」

劉姥姥也笑道：「我們莊稼人，不過是現成的本色，眾位別笑。」

……鴛鴦道：「中間『三四』綠配紅。」
劉姥姥道：「大火燒了毛毛蟲。」
眾人笑道：「這是有的，還說妳的本色。」
鴛鴦道：「右邊『么四』真好看。」
劉姥姥道：「一個蘿蔔一頭蒜。」眾人又笑了。
鴛鴦笑道：「湊成便是一枝花。」
劉姥姥兩隻手比著，說道：「花兒落了結個大倭瓜。」眾人大笑起來。只聽外面亂嚷——且聽下回分解。

◎第四一回◎

櫳翠庵茶品梅花雪
怡紅院劫遇母蝗蟲

……話說劉姥姥兩隻手比著說道：「花兒落了結個大倭瓜。」一眾人聽了哄堂大笑起來。於是吃過門杯，因又逗笑道：「實告訴說罷，我的手腳子粗笨，又喝醉了酒，仔細失手打了這瓷杯。有木頭的杯取個子來，我便失了手，掉了地下也無礙。」一眾人聽了，又笑起來。

鳳姐聽如此說，便忙笑道：「果真要木頭的，我就取了來。可有一件先說下：這木頭的可比不得瓷的，那都是一套，定要吃遍一套方使得。」

劉姥姥聽了心下战敠[1]道：「我方才不過是趣話取笑兒，誰知他果真竟有。我時常在村莊上鄉紳大家也赴過席，金杯銀杯倒都見過，從來沒見有木頭的。哦！是了，想必是小孩子們使的木碗兒，不過誆我多吃兩碗。別管它，橫豎這酒蜜水似的，多喝點子也無妨。」想畢，便說：「取了來再商量。」

……鳳姐乃命豐兒：「到前面裡間屋，書架子上有十個竹根套杯取來。」豐兒聽了，答應著才要去，鴛鴦笑道：「我知道妳這十個杯還小些。況且妳才說是木頭的，這會子又拿了竹根子的來，倒不好看。不如把我們那裡的黃楊木根整摳的十個大套杯拿來，灌她十下子。」

鳳姐笑道：「更好了。」鴛鴦果命人取來。

……劉姥姥一看，又驚又喜：驚的是一連十個，挨次大小分下來的，那大的足小盆子大，第十個極小的還有手裡的杯子大；喜的是雕鏤奇絕，一色山水樹木人物，並有草字圖印記。

1. 战敠（音顛奪）—引申為揣度、估量。

忙說道：「拿了那小的來就是了，怎麼這樣多？」

鳳姐笑道：「這個杯沒有喝一個的理。我們家因沒有這麼大量的，所以沒人敢使它。姥姥既要，好容易尋了出來，必定要挨次吃一遍才使得。」

劉姥姥唬的忙道：「這個不敢。好姑奶奶，竟饒了我罷。」

賈母、薛姨媽、王夫人都知道她上了年紀的人，禁不起，忙都道：「不可多吃了，只吃這頭一杯罷。」

劉姥姥道：「阿彌陀佛！我還使小杯吃罷。把這大杯收著，我帶了家去慢慢的吃罷。」說的眾人又笑起來。鴛鴦無法，只得命人滿斟了一大杯，劉姥姥兩手捧著喝。

……賈母、薛姨媽都道：「慢些吃，不要嗆了。」薛姨媽又命鳳姐揀了菜。

賈母笑道：「妳把茄鮝[2]搛些喂她。」

2.茄鮝（音享）—茄乾。鮝，原指乾魚、臘魚，亦泛指成片或成丁的醃臘食品。

鳳姐聽說，依言搛[3]些茄鯗送入劉姥姥口中，因笑道：「妳們天天吃茄子，也嘗嘗我們的茄子弄的可口不可口。」

劉姥姥笑道：「別哄我，茄子跑出這個味兒來了，我們也不用種糧食，只種茄子罷了。」

眾人笑道：「真是茄子，我們再不哄妳。」

劉姥姥詫異道：「真是茄子？我白吃了這半日。姑奶奶妳再喂我些，這一口細嚼嚼。」鳳姐果又搛了些放入口內。

劉姥姥因細嚼了半日，笑道：「雖有一點茄子香，只是還不像是茄子。告訴我是什麼方法弄的，我也弄著吃去。」

……鳳姐笑道：「這也不難。妳把才下來的茄子把皮籤了，只要淨肉，切成碎釘子，用雞油炸了，再用雞脯子肉並香菌、新筍、蘑菇、五香腐乾、各色乾果子，俱切成釘子，用雞湯煨乾，將香油一收，外加糟油[4]一拌，盛在瓷罐子裡封嚴，要

3. 搛（音兼）—用筷子夾菜。

4. 糟油—用油糟調製的油，用來澆拌涼菜。

吃時拿出來，用炒的雞瓜[5]一拌就是了。」

劉姥姥聽了，搖頭吐舌說道：「我的佛祖！倒得十來隻雞來配它，怪道這個味兒！」一面說笑，一面慢慢的吃完了酒，還只管細玩那杯。

鳳姐笑道：「還是不足興，再吃一杯罷。」

劉姥姥忙道：「了不得，那就醉死了。我因為愛這樣範[6]，虧他怎麼作了。」

鴛鴦笑道：「酒也吃完了，到底這杯子是什麼木的？」

劉姥姥笑道：「怨不得姑娘不認得的，妳們在金門繡戶的，如何認得木頭！我們成日家和樹林子作街坊，困了枕著它睡，乏了靠著它坐，荒年間餓了還吃它，眼睛裡天天見它，耳朵裡天天聽它，口兒裡天天講它，所以好歹真假，我是認得的。讓我認一認。」

5.雞瓜—雞的胸脯肉，因其長圓如瓜，故稱。

6.範—模型，榜樣。這裡是模樣的意思。

一面說，一面細細端詳了半日道：「你們這樣人家，斷沒有那賤東西，那容易得的木頭，你們也不收著了。我掂著這杯體沉，斷乎不是楊木的，一定是黃松的。」眾人聽了，哄堂大笑起來。

……只見一個婆子走來請問賈母，說：「姑娘們都到了藕香榭了，請老太太的示下，就演罷還是等一會子？」賈母忙笑道：「可是倒忘了她們，就叫她們演罷。」那個婆子答應著去了。

……不一時，只聽得簫管悠揚，笙笛並發。正值風清氣爽之時，那樂聲穿林度水而來，自然使人神怡心曠。寶玉先禁不住，拿起壺來斟了一杯，一口飲盡。復又斟上，才要飲，只見王夫人也要飲，命人換暖酒來，寶玉連忙將自己的杯捧了過來，送到王夫人口邊，王夫人便就他手內吃了兩口。一時暖酒來了，寶玉仍歸舊坐，王夫人提了暖壺下席來，眾人皆都出了席，薛姨媽也立起來，賈母忙命李、鳳二人接過壺來：「讓妳姨媽坐了，大家才兩便。」王夫人見如此說，方將壺遞與鳳姐，自己歸坐。

……賈母笑道：「大家吃上兩杯，今日著實有趣。」說著拿杯讓薛姨媽，又向湘雲、寶釵道：「妳姊妹兩個多吃一杯。妳妹妹雖不會吃，也別饒她。」說著自己已乾了。湘雲、寶釵、黛玉也都乾了。

……當下劉姥姥聽見這般音樂，且又有了酒，越發喜的手舞足蹈起來。寶玉因下席過來向黛玉笑道：「妳瞧劉姥姥的樣子。」黛玉笑道：「當日聖樂一奏，百獸率舞[7]，如今才一牛

7.聖樂一奏，百獸率舞

—語出《尚書．虞書．益稷》，意思是舜時樂器一響，百獸都隨之起舞。

耳。」眾巳，姊妹都笑了。

須臾樂止，薛姨媽出席笑道：「大家的酒想也都有了，且出去散散再坐罷。」賈母也正要散散，於是大家出席，都隨著賈母遊玩。賈母因要帶著劉姥姥散悶，遂攜了劉姥姥至山前樹下盤桓了半晌，又說與她這是什麼樹，這是什麼石，這是什麼花。

劉姥姥一一的領會，又向賈母道：「誰知城裡不但人尊貴，連雀兒也是尊貴的。偏這雀兒到了妳們這裡，牠也變俊了，也會說話了。」眾人不解，因問什麼雀兒變俊了，會講話。劉姥姥道：「那廊下金架子上站的綠毛紅嘴是鸚哥兒，我是認得的。那籠子裡黑老鴰子怎麼又長出鳳頭來[8]，也會說話呢。」眾人聽了都笑將起來。

……一時只見丫鬟們來請用點心。賈母道：「吃了兩杯酒，倒也

8.黑老鴰（音刮）子怎麼又長出鳳頭來——黑老鴰子，即烏鴉。此句是指八哥，八哥與烏鴉形近，喙部上端多一撮鳳毛。

不餓了。也罷，就拿了這裡來，大家隨便吃些罷。」丫頭們便去抬了兩張高几來，又端了兩個小捧盒來。揭開看時，每個盒內兩樣：這盒內一樣是藕粉桂糖糕，一樣是松瓤鵝油卷，那盒內一樣是只有一寸來大的小餃兒。

賈母因問什麼餡子，婆子們忙回是螃蟹的。賈母聽了，皺眉說：「這會子油膩膩的，誰吃這個！」那一樣是奶油炸的各色小麵果子，也不喜歡。因讓薛姨媽吃，薛姨媽只揀了一個捲兒，嘗了一嘗，剩的半個遞與丫頭了。

……劉姥姥因見那小麵果子都玲瓏剔透各式各樣，便揀了一朵牡丹花樣的笑道：「我們鄉裡最巧的姐兒們拿剪子也不能鉸出這麼個紙的來。我又愛吃又捨不得吃，包些家去給她們做花樣子去倒好。」眾人都笑了。

賈母笑道：「等妳家去時我送妳一罈子。妳先趁熱吃這個罷。」別人不過揀各人愛吃的一兩樣就罷了；劉姥姥原不曾吃過這些東西，且都作得小巧，不顯盤堆的，她和板兒每樣吃了些，就去了半盤子。剩的，鳳姐又命攢了兩盤並一個攢盒[9]，拿與文官等吃去。

……忽見奶子抱了大姐兒來，大家哄她頑了一會。那大姐兒因抱著一個大柚子玩的，忽見板兒抱著一個佛手，便也要佛手。丫頭們哄她取去，大姐兒等不得，便哭了。眾人忙把柚子與了板兒，將板兒的佛手哄過來與她才罷。那板兒因玩了半日佛手，此刻又兩手抓著些麵果子吃，又忽見這柚子又香又圓，更覺好玩，且當球踢著頑去，也就不要佛手了。

……當下賈母等吃過茶，又帶了劉姥姥至櫳翠庵來。妙玉忙接了進去。至院中，見花木繁盛，賈母笑道：「到底是她們修行

9. 攢（音全）盒——一種多層重疊的食品盒子。

的人，沒事常常修理，比別處越發好看了。」一面說一面往東禪堂來。

妙玉笑往裡讓，賈母道：「我們才都吃了酒肉，妳這裡頭有菩薩，沖了罪過。我們這裡坐坐，把妳的好茶拿來我們吃一杯就是了。」妙玉聽了，忙去烹了茶來。

……寶玉留神看她怎麼行事，只見妙玉親自捧了一個海棠花式雕漆填金雲龍獻壽的小茶盤，裡面放一個成窯[10]五彩小蓋鍾[11]，捧與賈母。

賈母道：「我不吃六安茶[12]。」

妙玉笑說：「知道。這是老君眉[13]。」賈母接了，又問是什麼水。

妙玉笑回「是舊年蠲[14]的雨水。」賈母便吃了半盞，便笑著遞與劉姥姥說：「妳嚐嚐這個茶。」

劉姥姥便接來一口吃盡，笑道：「好是好，就是淡些，再熬濃

10.成窯——指明代成化年間官窯所出的瓷器，以五彩者為上。

11.蓋鍾——有蓋的小杯。鍾，同「盅」。

12.六安茶——產於安徽省六安縣，品亦精，入藥最效。

13.老君眉——湖南洞庭湖君山所產的銀針茶，精選嫩芽製成，滿布毫毛，香氣高爽，味甘醇，形如長眉，故名「老君眉」。歷代沿作貢品。

14.蠲——通「涓」，清潔。這裡是密閉封存使其澄清之意。

15.官窯脫胎填白蓋碗——

些更好了。」賈母眾人都笑起來。然後眾人都是一色官窯脫胎填白蓋碗[15]。

…那妙玉便把寶釵和黛玉的衣襟一拉，二人隨她出去，寶玉悄悄的隨後跟了來。只見妙玉讓她二人在耳房內，寶釵坐在榻上，黛玉便坐在妙玉的蒲團上。妙玉自向風爐上扇滾了水，另泡了一壺茶來。

寶玉便走了進來笑道：「偏妳們吃梯己茶呢。」

二人都笑道：「你又趕了來蹭[16]茶吃。這裡並沒你的。」

妙玉剛要去取杯，只見道婆收了上面的茶盞來。妙玉忙命：「將那成窯的茶杯別收了，擱在外頭去罷。」寶玉會意，知為劉姥姥吃了，她嫌髒不要了。

又見妙玉另拿出兩只杯來。一個旁邊有一耳，杯上鐫著「𤫩瓟斝[17]」三個隸字，後有一行小真字是「晉王愷珍玩[18]」，又有

一種名貴的青瓷蓋碗。**官窯**，專為宮廷所需而設的瓷窯。**脫胎**，凸印團花，刷以深淺不一的豆青色瑪瑙釉，光潤明亮，視之若無胎骨，稱「脫胎」。**填白**，填月白色釉，以顯花紋或增光澤。

16. 蹭—指油沾光之意。

17. 𤫩瓟斝（音班袍甲）—𤫩、瓟均葫蘆類。**𤫩瓟斝**，用一斝形模子套在小頒瓟上，使之按模子形狀成長，成型後去子風乾做飲器。

18. 王愷珍玩—**王愷**，晉代著名的富豪，喜歡搜集珍奇寶物。

「宋元豐五年四月眉山蘇軾見於秘府[19]」一行小字。妙玉便斟了一斝遞與寶釵。那一只形似鉢而小，也有三個垂珠篆字[20]，鐫著「點犀盉[21]」。妙玉斟了一盉與黛玉。仍將前番自己常日吃茶的那只綠玉斗來斟與寶玉。

寶玉笑道：「常言『世法平等[22]』，她兩個就用那樣古玩奇珍，我就是個俗器了。」

妙玉道：「這是俗器？不是我說狂話，只怕你家裡未必找的出這麼一個俗器來呢。」

寶玉笑道：「俗說『隨鄉入鄉』，到了妳這裡，自然把那金玉珠寶一概貶為俗器了。」

……妙玉聽如此說，十分歡喜，遂又尋出一只九曲十環一百二十節蟠虬整雕竹根的一個大盒出來，笑道：「就剩了這一個，你可吃的了這一海[23]？」

這裡所謂「王愷珍玩」乃小說家言，意在寫其珍貴。

19. 秘府——又稱秘閣，古代宮廷中藏圖書秘珍的地方。

20. 垂珠篆字——又稱垂露篆字。相傳為漢代郎中曹喜所創，筆劃斷續成小點，如垂珠或點露，故名。

21. 點犀盉（音喬）——犀牛角做成的飲器。

22. 世法平等——佛家語。即平等地對待市間一切事物。

23. 海——這裡指容量大的器皿。今稱大碗為海碗。

寶玉喜的忙道：「吃的了。」

妙玉笑道：「你雖吃的了，也沒這些茶你糟蹋。豈不聞『一杯為品，二杯即是解渴的蠢物，三杯便是飲牛飲騾了』。你吃這一海便成什麼？」說的寶釵、黛玉、寶玉都笑了。

妙玉執壺，只向海內斟了約有一杯。寶玉細細吃了，果覺輕淳無比，賞贊不絕。

妙玉正色道：「你這遭吃的茶是托她兩個福，獨你來了我是不給你吃的。」

寶玉笑道：「我深知道的，我也不領妳的情，只謝她二人便是了。」妙玉聽了方說：「這話明白。」

……黛玉因問：「這也是舊年的雨水？」

妙玉冷笑道：「妳這麼個人，竟是大俗人，連水也嘗不出來。這是五年前我在玄墓[24]蟠香寺住著，收的梅花上的雪，共得

24. 玄墓——山名，在今江蘇吳縣。相傳東晉郁泰玄葬此，故名。山上多梅，花開時望之若雪，有「香雪海」之譽。

了那一鬼臉青[25]的花甕一甕，總捨不得吃，埋在地下，今年夏天才開了。我只吃過一回，這是第二回了。妳怎麼嘗不出來？隔年蠲的雨水那有這樣輕淳，如何吃得？」

黛玉知她天性怪僻，不好多話，亦不好多坐，吃完茶便約著寶釵走了出來。

……寶玉和妙玉陪笑道：「那茶杯雖然髒了，白撂了豈不可惜？依我說不如就給了那貧婆子罷，她賣了也可以度日。妳道可使得？」

妙玉聽了，想了一想點頭說道：「這也罷了。幸而那杯子是我沒吃過的，若我吃過的，我就砸碎了也不能給她。你要給她，我也不管，我只交給你，快拿了去罷。」

寶玉笑道：「自然如此，妳那裡和她說話授受去，越發連妳也髒了。只交與我就是了。」妙玉便命人拿來遞與寶玉。

25.鬼臉青——一種釉色深青的瓷。

……寶玉接了，又道：「等我們出去了，我叫幾個小么兒來河裡打幾桶水來洗地如何？」

妙玉笑道：「這更好了，只是你囑咐他們，抬了水只擱在山門外頭牆根下，別進門來。」

寶玉道：「這是自然的。」說著，便袖著那杯，遞與賈母房中小丫頭拿著，說：「明日劉姥姥家去，給她帶去罷。」交代明白，賈母已經出來要回去。妙玉亦不甚留，送出山門，回身便將門閉了。不在話下。

※……※……※

……且說賈母因覺身上乏倦，便命王夫人和迎春姊妹陪了薛姨媽去吃酒，自己便往稻香村來歇息。鳳姐忙命人將小竹椅抬來，賈母坐上，兩個婆子抬起，鳳姐李紈和眾丫鬟婆子圍隨去了，不在話下。

…這裡薛姨媽也就辭出。王夫人打發文官等出去，將攢盒[26]散與眾丫鬟們吃去，自己便也乘空歇著，隨便歪在方才賈母坐的榻上，命一個小丫頭放下簾子來，又命她搥著腿，吩咐她：「老太太那裡有信，妳就叫我。」說著，也歪著睡著了。

…寶玉、湘雲等看著丫鬟們將攢盒擱在山石上，也有坐在山石上的，也有坐在草地下的，也有靠著樹的，也有傍著水的，倒也十分熱鬧。一時又見鴛鴦來了，要帶著劉姥姥各處去逛，眾人也都趕著取笑。

…一時來至「省親別墅」的牌坊底下，劉姥姥道：「噯呀！這裡還有個大廟呢。」說著，便爬下磕頭。眾人笑彎了腰。

劉姥姥道：「笑什麼？這牌坊上的字我都認得。我們那裡這樣的廟宇最多，都是這樣的牌坊，那字就是廟的名字。」

26. **攢盒**—盛各種果脯的分格的盒子。

眾人笑道：「妳認得這是什麼廟？」劉姥姥便抬頭指那字道：「這不是『玉皇寶殿』四字？」眾人笑的拍手打腳，還要拿她取笑。

劉姥姥覺得腹內一陣亂響，忙的拉著一個小丫頭，要了兩張紙就解衣。眾人又是笑，又忙喝她：「這裡使不得！」忙命一個婆子帶了東北上去了。那婆子指與她地方，便樂得走開去歇息。

……那劉姥姥因喝了些酒，她脾氣不與黃酒相宜，且吃了許多油膩飲食，發渴多喝了幾碗茶，不免通瀉起來，蹲了半日方完。及出廁來，酒被風禁，且年邁之人蹲了半天，忽一起身，只覺得眼花頭眩，辨不出路徑。四顧一望，皆是樹木山石、樓臺房舍，卻不知哪一處是往那一路去的了，只得順著一條石子路慢慢的走來。

……及至到了房舍跟前，又找不著門，再找了半日，忽見一帶竹籬，劉姥姥心中自忖道：「這裡也有扁豆架子。」一面想，一面順著花障[27]走了來，得了一個月洞門進去。只見迎面忽有一帶水池，只有七八尺寬，石頭砌岸，裡面碧瀏清水流往那邊去了，上面有一塊白石橫架在上面。劉姥姥便度石過去，順著石子甬路走去。

……轉了兩個彎子，只見有一房門。於是進了房門，只見迎面一個女孩兒，滿面含笑迎了出來。

劉姥姥忙笑道：「姑娘們把我丟下了，要我碰頭碰到這裡來。」說了，只覺那女孩兒不答。劉姥姥便趕來拉她的手，「咕咚」一聲便撞到板壁上，把頭碰得生疼。細瞧了一瞧，原來是幅

27.花障——有花草攀附的籬笆。

畫兒。

劉姥姥自忖道：「原來畫兒有這樣活凸出來的。」一面想一面看，一面又用手摸去，卻是一色平的，因點頭嘆了兩聲。

……一轉身，方得了一個小門，門上掛著蔥綠撒花軟簾。劉姥姥掀簾進去，抬頭一看，只見四面牆壁玲瓏剔透，琴劍瓶爐皆貼在牆上，錦籠紗罩，金彩珠光，連地下踩的磚，皆是碧綠鑿花，竟越發把眼花了。找門出去，那裡有門？左一架書，右一架屏。

……剛從屏後得了一門轉去，只見她親家母也從外面迎了進來。劉姥姥詫異，忙問道：「妳想是見我這幾日沒家去，虧妳找我來。那一位姑娘帶妳進來的？」她親家只是笑，不還言。劉姥姥笑道：「妳好沒見世面，見這園裡的花好，妳就沒死活戴了一頭。」她親家也不答。

忽然想起來說：「是了，常聽見說大富貴人家有一種穿衣鏡，這別是我在鏡子裡頭罷。」說畢，伸手一摸，再細一看，可不是，四面雕空紫檀板壁，將鏡子嵌在中間。

因說：「這已經攔住，如何走出去呢？」一面說，一面只管用手摸。這鏡子原是西洋機括[28]，可以開合。不意劉姥姥亂摸之間，其力巧合，便撞開消息，掩過鏡子，露出門來。

……劉姥姥又驚又喜，邁步出來，忽見有一副最精緻的床帳。她此時又帶了七八分醉，又走乏了，便一屁股坐在床上，只說歇息，不承望身不由己，便前仰後合的，朦朧著兩眼，一歪身就睡熟在床上。

……且說眾人等她不見，板兒見沒了他姥姥，急得哭了。

28. **機括**——舊時稱弩的發箭器叫「機」，矢末扣弦之處叫「括」。這裡指一觸即動的開關裝置，也叫「消息」或「機關」。

眾人都笑道：「別是掉在茅廁裡了？快叫人去瞧瞧。」因命兩個婆子去找，回來說沒有。眾人各處搜尋不見。

襲人度其道路：「是她醉了迷了路，順著這一條路往我們後院子裡去了。若進了花障子到後房門進去，雖然碰頭，還有小丫頭們知道；若不進花障子再往西南上去，若繞出去還好，若繞不出去，可夠她繞回子呢。我且瞧瞧去。」

一面想，一面回來，進了怡紅院便叫人，誰知那幾個房子裡的小丫頭已偷空頑去了。

……襲人一直進了房門，轉過集錦槅子[29]，就聽得鼾齁[30]如雷。忙進來，只聞得酒屁臭氣滿屋。一瞧，只見劉姥姥扎手[31]舞腳的仰臥在床上。襲人這一驚不小，慌忙趕上來將她沒死活的推醒。

29. 集錦槅子——又稱「多寶塔」、「博古架」，多以貴重木料製成各種形狀的槅子，可擺設各種珍奇古物。

30. 齁——鼻息聲。

31. 扎手——張開手。

……那劉姥姥驚醒，睜眼見了襲人，連忙爬起來道：「姑娘，我失錯了！並沒弄髒了床帳。」一面說一面用手去撣。襲人恐驚動了人，被寶玉知道了，只向她搖手不叫她說話。

忙將當地大鼎內貯了三四把百合香，仍用罩子罩上。些須[32]收拾收拾，所喜不曾嘔吐，忙悄悄的笑道：「不相干，有我呢。妳隨我出來。」

……劉姥姥跟了襲人出至小丫頭們房中，命她坐了，向她說道：「妳就說醉倒在山子石上打了個盹兒。」劉姥姥答應知道。

又與她兩碗茶吃，方覺酒醒了，因問道：「這是那個小姐的繡房，這樣精緻？我就像到了天宮裡一樣。」襲人微微笑道：

「這個麼，是寶二爺的臥室。」那劉姥姥嚇得不敢作聲。

襲人帶她從前面出去，見了眾人，只說她在草地下睡著了，帶了她來的。眾人都不理會，也就罷了。

32. 些須——少許，一點兒。

……一時賈母醒了，就在稻香村擺晚飯。賈母因覺懶懶的，也不吃飯，便坐了竹椅小敞轎回至房中歇息，命鳳姐兒等去吃飯。她姊妹方復進園來。要知端的，且聽下回分解。

◎第四二回◎

蘅蕪君蘭言[1]解疑癖
瀟湘子雅謔補餘香

…話說她姊妹復進園來，吃過飯，大家散出，都無別話。

…且說劉姥姥帶著板兒先來見鳳姐兒，說：「明日一早定要家去了。雖然住了兩三天，日子卻不多，把古往今來沒見過的，沒吃過的，沒聽見過的，都經驗了。難得老太太和姑奶奶並那些小姐們，連各房裡的姑娘們，都這樣憐貧惜老照看我。我這一回去沒別的報答，惟有請些高香[2]天天給妳們念佛，保佑妳們長命百歲的，就算我的心了。」

…鳳姐兒笑道：「妳別喜歡。都是為妳，

老太太也被風吹病了，睡著說不好過，我們大姐兒也著了涼，在那裡發熱呢。」

劉姥姥聽了忙嘆道：「老太太有年紀的人，不慣十分勞乏的。」

鳳姐兒道：「從來沒像昨兒高興。往常也進園子逛去，不過到一二處坐坐就回來了。昨兒因為妳在這裡，要叫妳逛逛，一個園子倒走了多半個。大姐兒因為找我去，太太遞了一塊糕給她，誰知風地裡吃了，就發起熱來。」

劉姥姥道：「小姐兒只怕不大進園子，生地方兒，小人兒家原不該去。比不得我們的孩子，會走了，那個墳圈子裡不跑去？一則風撲了也是有的；二則只怕她身上乾淨，眼睛又淨，或是遇見什麼神了。依我說，給她瞧瞧祟書本子[3]，仔細撞客[4]著。」

……一語提醒了鳳姐兒，便叫平兒拿出《玉匣記》[5]來著彩明來

1.蘭言—知心話。

2.高香—優質線香。

3.祟書本子—講論鬼神星命、吉凶禍福的書籍。

4.撞客—舊時指人遇鬼神為其所附所以生病招災，也叫「撞克」或「克碰」。

5.《玉匣記》—相傳為東晉道士許真人所著，是集各類占卜之術之代表作，亦稱之為《玉匣記通書》。

念。彩明翻了一回，念道：「八月二十五日，病者在東南方得遇花神。用五色紙錢四十張，向東南方四十步送之，大吉。」

鳳姐兒笑道：「果然不錯，園子裡頭可不是花神！只怕老太太也是遇見了。」一面命人請兩分紙錢來，著兩個人來，一個與賈母送祟，一個與大姐兒送祟。果見大姐兒安穩睡了。

……鳳姐兒笑道：「到底是妳們有年紀的人經歷得多。我這大姐兒時常要病，也不知是什麼原故。」

劉姥姥道：「這也有的事。富貴人家養的孩子多太嬌嫩，自然禁不得一些兒委曲；再她小人兒家，過於尊貴了，也禁不起。以後姑奶奶少疼她些就好了。」

鳳姐兒道：「這也有理。我想起來，她還沒個名字，妳就給她起個名字。一則借借妳的壽；二則你們是莊稼人，不怕妳惱，到底貧苦些，妳貧苦人起個名字，只怕壓的住她。」

劉姥姥聽說，便想了一想，笑道：「不知她幾時生的？」

鳳姐兒道：「正是生日的日子不好呢，可巧是七月初七日。」

劉姥姥忙笑道：「這個正好，就叫她是巧哥兒罷。這叫作『以毒攻毒，以火攻火』的法子。姑奶奶定要依我這名字，她必長命百歲。日後大了，各人成家立業，或一時有不遂心的事，必然是遇難成祥，逢凶化吉，卻從這『巧』字上來。」

鳳姐兒聽了，自是歡喜，忙道謝，又笑道：「只保佑她應了妳這話就好了。」說著叫平兒來吩咐道：「明兒咱們有事，恐怕不得閒兒。妳這空兒閒著把送姥姥的東西打點了，她明兒一早就好走的便宜了。」

劉姥姥忙說：「不敢多破費了。已經遭擾[6]了幾日，又拿著走，越發心裡不安起來。」

鳳姐兒道：「也沒有什麼，不過隨常的東西。好也罷，歹也罷，

6. **遭擾**—打擾。客人對主人道謝的客套話。

帶了去，你們街坊鄰舍看著也熱鬧些，也是上城一次。」

只見平兒走來說：「姥姥過這邊瞧瞧。」

……劉姥姥忙趕了平兒到那邊屋裡，只見堆著半炕東西。平兒一一的拿與她瞧著，又說道：「這是昨日妳要的青紗一匹，奶奶另外送妳一個實地子月白紗[7]作裡子。這是兩個繭綢[8]，作襖兒裙子都好。這包袱裡是兩匹綢子，年下做件衣裳穿。「這是一盒子各樣的內造點心[9]，也有妳吃過的，也有沒吃過的，拿去擺碟子請客，比妳們買的強些。「這兩條口袋是你昨日裝瓜果子來的，如今這一個裡頭裝了兩斗御田粳米[10]，熬粥是難得的；這一條裡頭是園子裡果子和各樣乾果子。「這一包是八兩銀子。這都是我們奶奶給的。這兩包每包裡頭五十兩，共是一百兩，是太太給的，叫妳拿去或者作個小本

7. 實地子月白紗——實地子紗，紗中最厚密者。月白，一種接近於白的淺藍色。

8. 繭綢——以柞蠶絲織成的綢子。

9. 內造點心——宮內製作的點心。

10. 粳米——粳稻碾出的米。

買賣，或者置幾畝地，以後再別求親靠友的。」

說著又悄悄笑道：「這兩件襖兒和兩條裙子，還有四塊包頭，一包絨線，可是我送姥姥的。衣裳雖是舊的，我也沒大很穿，妳要棄嫌我就不敢說了。」

……平兒說一樣，劉姥姥就念一句佛，已經念了幾千聲佛了，又見平兒也送她這些東西，又如此謙遜，忙念佛道：「姑娘說那裡話？這樣好東西我還棄嫌！我便有銀子也沒處去買這樣的呢。只是我怪臊的，收了又不好，不收又辜負了姑娘的心。」

平兒笑道：「休說外話，咱們都是自己，我才這樣。妳放心收了罷，我還和妳要東西呢，到年下，妳只把妳們晒的那個灰條菜乾子和豇豆、扁豆、茄子、葫蘆條兒各樣乾菜帶些來，我們這裡上上下下都愛吃。這個就算了，別的一概不要，別枉費了心。」

劉姥姥千恩萬謝的答應了。平兒道：「妳只管睡妳的去。我替妳收拾妥當了就放在這裡，明兒一早打發小廝們雇輛車裝上，不用妳費一點心的。」

……劉姥姥越發感激不盡，過來又千恩萬謝的辭了鳳姐兒，過賈母這邊睡了一夜，次早梳洗了就要告辭。

……因賈母欠安，眾人都過來請安，出去傳請大夫。一時婆子回：「大夫來了。」老媽媽請賈母進幔子[11]去坐。賈母道：「我也老了，那裡養不出那阿物兒[12]來，還怕他不成！不用放幔子，就這樣瞧罷。」眾婆子聽了，便拿過一張小桌子來，放下一個小枕頭，便命人請。

11. 幔子—帳幕。舊時貴婦人起居之處設此，作迴避男賓等用。

12. 阿物兒—東西，常用做蔑稱或對人開玩笑的稱呼。

……一時只見賈珍、賈璉、賈蓉三個人將王太醫領來。王太醫不敢走甬路，只走旁階，跟著賈珍到了階磯上。早有兩個婆子在兩邊打起簾子，兩個婆子在前導引進去，又見寶玉迎了出來。

只見賈母穿著青皺綢一斗珠的羊皮褂子[13]，端坐在榻上，兩邊四個未留頭的小丫鬟都拿著蠅帚漱盂等物，又有五六個老嬤嬤雁翅[14]擺在兩旁，碧紗櫥後隱隱約約有許多穿紅著綠戴寶簪珠的人。王太醫便不敢抬頭，忙上來請了安。

……賈母見他穿著六品服色，便知是御醫了，也便含笑問：「供奉[15]好？」因問賈珍：「這位供奉貴姓？」

賈珍等忙回：「姓王」。

賈母道：「當日太醫院正堂有個王君效，好脈息[16]。」王太醫忙躬身低頭，含笑回說：「那是晚生家叔祖。」

13. 一斗珠的羊皮褂子——用未出生的胎羊皮做成的皮褂子。這種羊皮，捲毛如一粒粒珠子，故名「珍珠毛」。

14. 雁翅——雁群飛行時，排列有序，故用以比喻隊列整齊。

15. 供奉——指以某種技藝侍奉帝王的人。

16. 好脈息——指切脈的本領很高。

賈母聽了，笑道：「原來這樣，也是世交了。」

一面說，一面慢慢的伸手放在小枕上。老嬤嬤端著一張小杌：連忙放在小桌前，略偏些。王太醫便屈一膝坐下，歪著頭診了半日，又診了那隻手，忙欠身低頭退出。賈母笑說：「勞動了。珍兒讓出去好生看茶。」

……賈珍、賈璉等忙答了幾個「是」，復領王太醫出到外書房中。王太醫說：「太夫人並無別症，不過偶感一點風寒，究竟不用吃藥，不過略清淡些，常暖著一點兒，就好了。如今寫個方子在這裡，若老人家愛吃，便按方煎一劑吃，若懶食吃，也就罷了。」說著，吃過茶寫了方子。

……剛要告辭，只見奶子抱了大姐兒出來笑說：「王老爺也瞧瞧我們。」王太醫聽說，忙起身，就奶子懷中，左手托著大姐兒的手，右手診了一診，又摸了一摸頭，又叫伸出舌頭來瞧瞧，笑道：「我說了姐兒又要罵我了，只是要清清淨淨的餓兩頓就好了。不必吃煎藥，我送丸藥來，臨睡時用薑湯研開，吃下去就是了。」說畢，作辭而去。賈珍等拿了藥方來，回明賈母原故，將藥方放在桌上出去，不在話下。

……這裡王夫人和李紈、鳳姐兒、寶釵姊妹等見大夫出去，方從櫥後出來。王夫人略坐一坐，也回房去了。

……劉姥姥見無事，方上來和賈母告辭。賈母說：「閒了再來。」又命鴛鴦來：「好生打發妳姥姥出去；我身上不好，不能送妳。」劉姥姥道了謝，又作辭，方同鴛鴦出來。

……到了下房，鴛鴦指炕上一個包袱說道：「這是老太太的幾件衣裳，都是往年間生日節下眾人孝敬的，老太太從不穿人家做的，收著也可惜，卻是一次也沒穿過的。昨日叫我拿出兩套來送妳帶去，或是送人，或是自己家裡穿罷，別見笑。「這盒子裡是妳要的麵果子。這包兒裡是妳前兒說的藥：梅花點舌丹也有，紫金錠也有，活絡丹也有，催生保命丹[17]也有，每一樣是一張方子包著，總包在裡頭了。這是兩個荷包，帶著頑罷。」

說著便抽開繫子，掏出兩個筆錠如意的錁子[18]來給她瞧，又笑道：「荷包拿去，這個留下給我罷。」

劉姥姥已喜出望外，早又念了幾千聲佛，聽鴛鴦如此說，便說道：「姑娘只管留下罷。」

鴛鴦見她信以為真，便笑著仍與她裝上，道：「哄妳頑呢，我有好些呢。留著年下給小孩子們罷。」

17. 梅花點舌丹等藥——都是珍貴有效的中醫成藥。

18. 筆錠如意的錁子——上面鑄有一隻如意和一枝筆的金銀小元寶。「筆錠如意」諧音「必定如意」，討個吉利口彩。

……說著，只見一個小丫頭拿了個成窯鍾子來遞與劉姥姥，道：「這是寶二爺給妳的。」

劉姥姥道：「這是那裡說起。我那一世修了來的，今兒這樣。」說著便接了過來。

鴛鴦道：「前兒我叫妳洗澡換的衣裳是我的，妳不棄嫌，我還有幾件，也送妳罷。」劉姥姥又忙道謝。鴛鴦果然又拿出兩件來與她包好。

……劉姥姥又要到園中辭謝寶玉和眾姊妹王夫人等去。

鴛鴦道：「不用去了。她們這會子也不見人，回來我替妳說罷。閒了再來。」又命了一個老婆子，吩咐她：「二門上叫兩個小廝來，幫著姥姥拿了東西送出去。」婆子答應了，又和劉姥姥到了鳳姐兒那邊，一併拿了東西，在角門上命小廝們搬了出去，直送劉姥姥上車去了。不在話下。

※……※……※

…且說寶釵等吃過早飯，又往賈母處問過安，回園至分路之處，寶釵便叫黛玉道：「顰兒，跟我來，有一句話問妳。」黛玉便同了寶釵，來至蘅蕪苑中。

…進了房，寶釵便坐了，笑道：「妳跪下，我要審妳。」黛玉不解何故，因笑道：「妳瞧寶丫頭瘋了！審問我什麼？」寶釵冷笑道：「好個千金小姐！好個不出閨門的女孩兒！滿嘴裡說的是什麼？妳只實說便罷。」

黛玉不解，只管發笑，心裡也不免疑惑起來，口裡只說：「我何曾說什麼？妳不過要捏我的錯兒罷了。妳倒說出來我聽聽。」

寶釵笑道：「妳還裝憨兒。昨兒行酒令妳說的是什麼？我竟不知那裡來的。」

……黛玉一想，方想起來昨兒失於檢點，那《牡丹亭》《西廂記》說了兩句，不覺紅了臉，便上來摟著寶釵，笑道：「好姐姐，原是我不知道，隨口說的。妳教給我，再不說了。」

寶釵笑道：「我也不知道，聽妳說的怪生的，所以請教妳。」

黛玉道：「好姐姐，妳別說與別人，我以後再不說了。」

……寶釵見她羞得滿臉飛紅，滿口央告，便不肯再往下追問，因拉她坐下吃茶，款款的告訴她道：「妳當我是誰，我也是個淘氣的。從小七八歲上也夠個人纏的。我們家也算是個讀書人家，祖父手裡也極愛藏書。先時人口多，姊妹弟兄也在一處，都怕看正經書。弟兄們也有愛詩的，也有愛詞的，諸如這些《西廂》《琵琶》以及《元人百種》[19]，無所不有。他們是偷偷的背著我們看，我們卻也偷偷的背著他們看。後來大人知道了，打的打，罵的罵，燒的燒，才丟開了。

「所以咱們女孩兒家不認得字的倒好。男人們讀書不明理，尚且不如不讀書的好，何況妳我。就連作詩寫字等事，原不是妳我份內之事，究竟也不是男人份內之事。男人們讀書明理，輔國治民，這便好了。只是如今並不聽見有這樣的人，讀了書倒更壞了。這是書誤了他，可惜他也把書糟蹋了，所以竟不如耕種買賣，倒沒有什麼大害處。

「妳我只該做些針黹紡織的事才是，偏又認得了字，既認得了字，不過揀那正經的看也罷了，最怕見了些雜書移了性情，就不可救了。」

一席話，說得黛玉垂頭吃茶，心下暗服，只有答應「是」的一字。

19.《元人百種》——即《元曲選》。元代雜劇選集，明代臧懋循編，收元人雜劇近百種。

……忽見素雲進來說：「我們奶奶請二位姑娘商議要緊的事呢。二姑娘、三姑娘、四姑娘、史姑娘、寶二爺都在那裡等著呢。」

寶釵道：「又是什麼事？」

黛玉道：「咱們到了那裡就知道了。」說著便和寶釵往稻香村來，果見眾人都在那裡。

……李紈見了她兩個先笑道：「社還沒起，就有脫滑[20]的了，四丫頭要告一年的假呢。」

黛玉笑道：「都是老太太昨兒一句話，又叫她畫什麼園子圖兒，惹得她樂得告假了。」

探春笑道：「也別怪老太太，都是劉姥姥一句話。」

黛玉忙接道：「可是呢，都是她一句話。她是那一門子的姥姥，直叫她個『母蝗蟲』就是了。」說得眾人都笑了。

寶釵笑道：「世上的話，到了鳳丫頭嘴裡也就盡了。幸而鳳丫

20. 脫滑——溜走的意思。

頭不認得字，不大通，不過一概是市俗取笑。更有顰兒這促狹嘴，她用『春秋』的法子，將市俗的粗話，撮其要，刪其繁，再加潤色，比方出來，一句是一句。這『母蝗蟲』三字，把昨兒那些形景都現出來了。虧她想得倒也快。」

眾人聽了，都笑道：「妳這一注解，也就不在她兩個以下。」

……李紈道：「我請妳們大家商議，給她多少日子的假。我給了她一個月她嫌少，妳們怎麼說？」

黛玉道：「論理一年也不多。這園子蓋才蓋了一年，如今要畫，自然得二年工夫呢。又要研墨，又要蘸筆，又要鋪紙，又要著顏色，又要……」

剛說到這裡，眾人知道她是取笑惜春，便都笑問說「還要怎樣？」

黛玉自己掌不住笑道：「又要照著這樣兒慢慢的畫，可不得二年的工夫！」眾人聽了，都拍手笑個不住。

寶釵笑道：「『又要照著這樣兒慢慢的畫』，這落後一句最妙。所以昨兒那些笑話兒雖然可笑，回想是沒味的。妳們細想顰兒這幾句話雖是淡的，回想卻是滋味。我倒笑的動不得了。」

惜春道：「都是寶姐姐贊的她越發逞強，這會子又拿我取笑兒。」

……黛玉忙拉她笑道：「我且問妳，還是單畫這園子呢，還是連我們眾人都畫在上頭呢？」

惜春道：「原說只畫這園子的，昨兒老太太又說，單畫園子成個房樣子了，叫連人都畫上，就像『行樂』[21]似的才好。我又不會這工細樓臺，又不會畫人物，又不好駁回，正為這個為難呢。」

21. 行樂——行樂圖的簡稱。

黛玉道：「人物還容易，妳草蟲上能不能？」

李紈道：「妳又說不通的話了，這個上頭哪裡又用得著草蟲？或者翎毛倒要點綴一兩樣。」

黛玉笑道：「別的草蟲不畫罷了，昨兒『母蝗蟲』不畫上，豈不缺了典！」眾人聽了，又都笑起來。

黛玉一面笑得兩手捧著胸口，一面說道：「妳快畫罷，我連題跋[22]都有了，起個名字，就叫作《攜蝗大嚼圖》。」

……眾人聽了，越發哄然大笑，前仰後合。只聽「咕咚」一聲響，不知什麼倒了，急忙看時，原來是湘雲伏在椅子背上，那椅子原不曾放穩，被她全身伏著背子大笑，她又不防，兩下裡錯了勁，向東一歪，連人帶椅都歪倒了，幸有板壁擋住，不曾落地。眾人一見，越發笑個不住。寶玉忙趕上去扶了起來，方漸漸止了笑。

22. 題跋——寫於書籍、碑帖、字畫前的文字叫「題」，後面的文字叫「跋」。

…寶玉和黛玉使個眼色兒。黛玉會意，便走至裡間，將鏡袱[23]揭起照了照，只見兩鬢略鬆了些，忙開了李紈的妝奩，拿出抿子[24]來，對鏡抿了兩抿，仍舊收拾好了，方出來，指著李紈道：「這是叫妳帶著我們作針線教道理呢，妳反招了我們來大玩大笑的。」

李紈笑道：「妳們聽她這刁話。她領著頭兒鬧，引著人笑了，倒賴我的不是。真真恨的我只保佑明兒妳得一個利害婆婆，再得幾個千刁萬惡的大姑子小姑子，試試妳那會子還這麼刁不刁了。」

…林黛玉早紅了臉，拉著寶釵說：「咱們放她一年的假罷。」寶釵道：「我有一句公道話，妳們聽聽。藕丫頭雖會畫，不過是幾筆寫意[25]。如今畫這園子，非離了肚子裡頭有幾幅丘壑的才能成畫。

23. 鏡袱—遮蓋鏡子的軟簾。

24. 抿子—梳頭時抹髮油的一種工具。

25. 寫意—國畫中屬疏放畫類，與工筆畫相對。

「這園子卻是像畫兒一般，山石樹木，樓閣房屋，遠近疏密，也不多，也不少，恰恰的是這樣。妳就只照樣兒往紙上一畫，是必不能討好的。這要看紙的地步遠近，該多該少，分主分賓，該添的要添，該減的要減，該藏的要藏，該露的要露。這一起了稿子，再端詳斟酌，方成一幅圖樣。

「第二件，這些樓臺房舍，是必要用界劃的[26]。一點不留神，欄杆也歪了，柱子也塌了，門窗也倒豎過來，階磯也離了縫，甚至於桌子擠到牆裡頭去，花盆放在簾子上來，豈不倒成了一張笑『話』兒了。

「第三，要插人物，也要有疏密，有高低。衣褶裙帶，手指足步，最是要緊；一筆不細，不是腫了手就是瘸了腿，染臉撕髮，倒是小事。依我看來，竟難的很。

「如今一年的假也太多，一月的假也太少，竟給她半年的假，再派了寶兄弟幫著她。並不是為寶兄弟知道教著她畫，那就更

26. 界劃──即「界畫」，國畫術語。指畫家用界尺作線，精細地畫出以宮室樓臺為主體的畫。

27. 雪浪紙──一種優質的

誤了事；為的是有不知道的，或難安插的，寶兄弟好拿出去問問那會畫的相公，就容易了。」

……寶玉聽了，先喜的說：「這話極是。詹子亮的工細樓臺就極好，程日興的美人是絕技，如今就問他們去。」

寶釵道：「我說你是無事忙，說了一聲，你就問去，也等著商議定了再去。如今且說拿什麼畫？」

寶玉道：「家裡有雪浪紙[27]，又大又托墨[28]。」

寶釵冷笑道：「我說你不中用！那雪浪紙寫字，畫寫意畫兒，或是會山水的畫南宗山水[29]，托墨，禁得皴搜[30]。拿了畫這個，又不托色，又難滃[31]，畫也不好，紙也可惜。

「我教你一個法子。原先蓋這園子，就有一張細致圖樣，雖是匠人描的，那地步方向是不錯的。你和太太要了出來，也比著那紙大小，和鳳丫頭要一塊重絹[32]，叫相公礬[33]了，叫她

宣紙，適於畫山水、樹石。

28. 托墨—紙張不澀不滑，寫字作畫易於著墨滲附。

29. 南宗山水—指一種注重筆墨意趣的文人山水畫。

30. 皴搜—疑為「皴擦」之誤。又叫皴染，國畫的一種技法，多用以表現山石、峰巒及樹身的紋理。

31. 滃(音蓊)—形容雲水湧起。這裡指作畫時用水墨或彩色烘染。

32. 重絹—厚重的好絹，最適宜作畫時使用。

33. 礬—即明礬。

照著這圖樣刪補著立了稿子，添了人物就是了。

「就是配這些青綠顏色，並泥金泥銀[34]，也得他們配去。妳們也得另爖上風爐子，預備化膠、出膠、洗筆。還得一張粉油大案，鋪上氈子。妳們那些碟子也不全，筆也不全，都得從新再置一份兒才好。」

惜春道：「我何曾有這些畫器？不過隨手寫字的筆畫畫罷了。就是顏色，只有赭石、廣花[35]、藤黃、胭脂這四樣。再有，不過是兩支著色筆就完了。」

……寶釵道：「妳怎不早說。這些東西我卻還有，只是妳也用不著，給妳也白放著。如今我且替妳收著，等妳用著這個的時候我送妳些，也只可留著畫扇子，若畫這大幅的，也就可惜了的。

「今兒替你開個單子，照著單子和老太太要去。妳們也未必知

34. 泥金泥銀——塗以金粉或銀粉作底。

35. 廣花——顏料的一種，專指廣東產的花青色。所謂的花青色，即藏青，多用以畫枝葉、山石、水波等。

道得全，我說著，寶兄弟寫。」寶玉早已預備下筆硯了，原怕記不清白，要寫了記著，聽寶釵如此說，喜的提起筆來靜聽。

……寶釵說道：「頭號排筆四支，二號排筆四支，三號排筆四支，大染四支，中染四支，小染四支，大南蟹爪十支，小蟹爪十支，鬚眉十支，大著色二十支，小著色二十支，開面十支，柳條二十支，箭頭朱四兩，南赭四兩，石黃四兩，石青四兩，石綠四兩，管黃四兩，廣花八兩，蛤粉四匣，胭脂十片，大赤飛金二百帖，青金二百帖，廣勻膠四兩，淨礬四兩。礬絹的膠礬在外，別管他們，妳只把絹交出去叫他們礬去。這些顏色，咱們淘澄飛跌[36]著，又頑了，又使了，包妳一輩子都夠使了。

「再要頂細絹籮四個，粗絹籮四個，擔筆四支，大小乳缽四

36. 淘澄飛跌——調治國畫顏料的四個步驟。淘，把顏料研碎，洗去泥土。澄，用乳缽研細淘過的顏料，兑出膠水澄清。飛，澄清後淡色上浮，將其吹去。跌，飛後留下中色和重色，再留下重色。

個，大粗碗二十個，五寸粗碟十個，三寸粗白碟二十個，風爐兩個，沙鍋大小四個，新瓷罐二口，新水桶四只，一尺長白布口袋四條，浮炭二十斤，柳木炭一斤，三屜木箱一個，實地紗一丈，生薑二兩，醬半斤。」

黛玉忙道：「鐵鍋一口，鍋鏟一個。」

寶釵道：「這作什麼？」

黛玉笑道：「妳要生薑和醬這些作料，我替妳要鐵鍋來好炒顏色吃的。」眾人都笑起來。

寶釵笑道：「妳那裡知道。那粗色碟子保不住不上火烤，不拿薑汁子和醬預先抹在底子上烤過了，一經了火是要炸的。」

眾人聽說，都道：「原來如此。」

……黛玉又看了一回單子，笑著拉探春悄悄的道：「妳瞧瞧，畫個畫兒又要這些水缸、箱子來了。想必她糊塗了，把她的嫁妝單子也寫上了。」

探春「噯」了一聲，笑個不住，說道：「寶姐姐，妳還不擰她的嘴？妳問問她編排妳的話。」

寶釵笑道：「不用問，狗嘴裡還有象牙不成！」一面說，一面走上來，把黛玉按在炕上，便要擰她的臉。

黛玉笑著忙央告：「好姐姐，饒了我罷！顰兒年紀小，只知說，不知道輕重，作姐姐的教導我。姐姐不饒我，我還求誰去？」

眾人不知話內有因，都笑道：「說的好可憐見的，連我們也軟了，饒了她罷。」

……寶釵原是和她頑，忽聽她又拉扯上前番說她胡看雜書的話，便不好再和她廝鬧，放起她來。

黛玉笑道：「到底是姐姐，要是我，再不饒人的。」

寶釵笑指她道：「怪不得老太太疼妳，眾人愛妳伶俐，今兒我也怪疼妳的了。過來，我替妳把頭髮攏一攏。」黛玉果然轉過身來，寶釵用手替她攏上去。寶玉在旁看著，只覺更好看，不覺後悔，不該令她抿上鬢去，也該留著，此時叫她替她抿去。正自胡思，只見寶釵說道：「寫完了，明兒回老太太去。若家裡有的就罷，若沒有的，就拿些錢去買了來，我幫著妳們配。」寶玉忙收了單子。

……大家又說了一回閒話。至晚飯後，又往賈母處來請安。賈母原沒有大病，不過是勞乏了，兼著了些涼，溫存[37]了一日，又吃了一兩劑藥疏一疏散[38]，至晚也就好了。不知次日又有何話，且聽下回分解。

37. 溫存——殷勤撫慰的意思。引申為休養。

38. 疏散——疏通，發散。

◎第四三回◎

閑取樂偶攢金慶壽　不了情暫撮土為香

……話說王夫人因見賈母那日在大觀園不過著了些風寒，不是什麼大病，請醫生吃了兩劑藥也就好了，便放了心，因命鳳姐來吩咐她預備給賈政帶送東西。

……正商議著，只見賈母打發人來請，王夫人忙引著鳳姐兒過來。

王夫人又請問：「這會子可又覺大安些？」

賈母道：「今日可大好了。方才妳們送來野雞崽子湯，我嘗了一嘗，倒有味兒，又吃了兩塊肉，心裡很受用。」

王夫人笑道：「這是鳳丫頭孝敬老太太的。算她的孝心虔，不枉了素日老太太疼她。」

賈母點頭笑道：「難為她想著。若是還有生的，再炸上兩塊，鹹浸浸的，吃粥有味兒。那湯雖好，就只不對稀飯。」鳳姐聽了，連忙答應，命人去廚房傳話。

……這裡賈母又向王夫人笑道：「我打發人請妳來，不為別的。初二是鳳丫頭的生日，上兩年我原早想替她做生日，偏到跟前有大事，就混過去了。今年人又齊全，料著又沒事，咱們大家好生樂一日。」

王夫人笑道：「我也想著呢。既是老太太高興，何不就商議定了？」賈母笑道：「我想往年不拘誰做生日，都是各自送各自的禮，這個也俗了，也覺很生分的似的。今兒我出個新法子，又不生分，又可取笑。」

王夫人忙道：「老太太怎麼想著好，就怎麼樣行。」

賈母笑道：「我想著，咱們也學那小家子，大家湊分子，多少盡著這錢去辦，妳道好頑不好頑？」

王夫人笑道：「這個很好，但不知怎麼湊法？」賈母聽說，益發高興起來，忙遣人去請薛姨媽邢夫人等，又叫請姑娘們並寶玉，那府裡珍兒媳婦並賴大家的等有頭臉[1]管事的媳婦也都叫了來。

…眾丫頭婆子見賈母十分高興，也都高興，忙忙的各自分頭去請的請，傳的傳，沒頓飯的工夫，老的，少的，上的，下的，烏壓壓擠了一屋子。只薛姨媽和賈母對坐，邢夫人王夫人只坐在房門前兩張椅子上，寶釵姊妹等五六個人坐在炕上，寶玉坐在賈母懷前，地下滿滿的站了一地。賈母忙命拿幾個小杌子來，給賴大母親等幾個高年有體面的嬤嬤坐了。

…賈府風俗，年高服侍過父母的家人，比年輕的主子還有體

1. 頭臉——出頭露臉，引申為面子、體面。

面，所以尤氏鳳姐兒等只管地下站著，那賴大的母親等三四個老嬤嬤告個罪，都坐在小杌子上了。

……賈母笑著把方才一席話說與眾人聽了。眾人誰不湊這趣兒？再也有和鳳姐兒好的，情願這樣的，有畏懼鳳姐兒的，巴不得來奉承的：況且都是拿的出來的，所以一聞此言，都欣然應諾。賈母先道：「我出二十兩。」

薛姨媽笑道：「我隨著老太太，也是二十兩了。」

邢夫人王夫人道：「我們不敢和老太太並肩，自然矮一等，每人十六兩罷了。」

尤氏李紈也笑道：「我們自然又矮一等，每人十二兩罷。」

賈母忙和李紈道：「妳寡婦失業的，那裡還拉妳出這個錢，我替妳出了罷。」

鳳姐忙笑道：「老太太別高興，且算一算帳再攬事。老太太身上已有兩分呢，這會子又替大嫂子出十二兩，說著高興，一會子回想又心疼了。過後兒又說『都是為鳳丫頭花了錢』，使個巧法子哄著我拿出三四倍來暗裡補上，我還做夢呢。」說的眾人都笑了。賈母笑道：「依妳怎麼樣呢？」

鳳姐笑道：「生日沒到，我這會子已經折受[2]得不受用了。我一個錢饒不出，驚動這些人，實在不安，不如大嫂子這一分我替她出了罷。我到了那一日多吃些東西，就享了福了。」邢夫人等聽了，都說：「很是」。賈母方允了。

……鳳姐兒又笑道：「我還有一句話呢。我想老祖宗自己二十兩，又有林妹妹、寶兄弟的兩分子。姨媽自己二十兩，又有寶妹妹的一分子，這倒也公道。只是二位太太每位十六兩，自己又少，又不替人出，這有些不公道。老祖宗吃了虧了！」賈母聽了，忙笑道：「倒是我的鳳姐兒向著我，這說的很是。

2.折受——享受非分而折福叫「折受」。這裡用作謙詞，是無福承受，於心不安的意思。

要不是妳，我叫她們又哄了去了。」

鳳姐笑道：「老祖宗只把她姐兒兩個交給兩位太太，一位占一個，派多派少，每位替出一分就是了。」

賈母忙說：「這很公道，就是這樣。」

賴大的母親忙站起來笑說道：「這可反了！我替二位太太生氣。在那邊是兒子媳婦，在這邊是內姪女兒，倒不向著婆婆姑娘，倒向著別人。這兒子媳婦成了陌路人，內姪女兒竟成了個外姪女兒了。」說的賈母與眾人都大笑起來了。

……賴大之母因又問道：「少奶奶們十二兩，我們自然也該矮一等了。」

賈母聽說，道：「這使不得。妳們雖該矮一等，我知道妳們這幾個都是財主，分位雖低，錢卻比她們多。妳們和她們一例才使得。」眾嬤嬤聽了，連忙答應。

……賈母又道：「姑娘們不過應個景兒，每人照一個月的月例就是了。」又回頭叫鴛鴦來，「妳們也湊幾個人，商議湊了來。」鴛鴦答應著，去不多時，帶了平兒、襲人、彩霞等，還有幾個小丫鬟來，也有二兩的，也有一兩的。

賈母因問平兒：「妳難道不替妳主子作生日，還入在這裡頭？」平兒笑道：「我那個私自另外有了，這是官中的，也該出一分。」賈母笑道：「這才是好孩子。」

……鳳姐又笑道：「上下都全了。還有二位姨奶奶，她們出不出，也問一聲兒。盡到她們是理，不然，她們只當小看了她們了。」

賈母聽了，忙說：「可是呢，怎麼倒忘了她們！只怕她們不得閑兒，叫一個丫頭問問去。」說著，早有丫頭去了。半日，回來說道：「每位也出二兩。」

賈母喜道：「拿筆硯來算明，共計多少。」

……尤氏因悄罵鳳姐道：「我把妳這沒足厭[3]的小蹄子！這麼些婆婆嬸子來湊銀子給妳過生日，妳還不足，又拉上兩個苦瓠子[4]作什麼？」

鳳姐也悄笑道：「妳少胡說，一會子離了這裡，我才和妳算賬。她們兩個為什麼苦呢？有了錢也是白填送別人，不如拘了來咱們樂。」

……說著，早已合算了，共湊了一百五十兩有餘。

賈母道：「一日戲酒用不了。」

尤氏道：「既不請客，酒席又不多，兩三日的用度都夠了。頭等，戲不用錢，省在這上頭。」

賈母道：「鳳丫頭說哪一班好，就傳哪一班。」

3. 沒足厭——不知滿足。

4. 苦瓠（音戶）子——喻「苦命人」。

鳳姐兒道：「咱們家的班子都聽熟了，倒是花幾個錢叫一班來聽聽罷。」

賈母道：「這件事我交給珍哥媳婦了。索性叫鳳丫頭別操一點心，受用一日才算。」尤氏答應著。又說了一回話，都知賈母乏了，才漸漸的散出來。

……尤氏等送邢夫人王夫人二人散去，便往鳳姐房裡來商議怎麼辦生日的話。

鳳姐兒道：「妳不用問我，妳只看老太太的眼色行事就完了。」

尤氏笑道：「妳這阿物兒，也忒行了大運了。我當有什麼事叫我們去，原來單為這個。出了錢不算，還要我來操心，妳怎麼謝我？」

鳳姐笑道：「你別扯臊[5]，我又沒叫妳來，謝妳什麼！妳怕操心，妳這會子就回老太太去，再派一個就是了。」

5. 扯臊——胡扯，臉皮厚。

尤氏笑道：「妳瞧她興得這樣兒！我勸妳收著些兒好。太滿了就潑出來了。」二人又說了一回方散。

……次日將銀子送到寧國府來，尤氏方才起來梳洗，因問：「是誰送過來的？」丫鬟們回說：「是林大娘。」尤氏便命叫了她來。丫鬟走至下房，叫了林之孝家的過來。

尤氏命她腳踏上坐了，一面忙著梳洗，一面問她：「這一包銀子共多少？」

林之孝家的回說：「這是我們底下人的銀子，湊了先送過來。老太太和太太們的還沒有呢。」正說著，丫鬟們回說：「那府裡太太和姨太太打發人送分子來了。」

尤氏笑罵道：「小蹄子們，專會記得這些沒要緊的話。昨兒不過老太太一時高興，故意的要學那小家子湊分子，妳們就記得，到了妳們嘴裡當正經的說。還不快接了進來好生待茶，再打發她們去。」丫鬟應著，忙接了進來，一共兩封，連寶釵黛玉的都有了。

尤氏問：「還少誰的？」林之孝家的道：「還少老太太、太太、姑娘們的和底下姑娘們的。」

尤氏道：「還有妳們大奶奶的呢？」林之孝家的道：「奶奶過去，這銀子都從二奶奶手裡發，一共都有了。」

……說著，尤氏已梳洗了，命人伺候車輛，一時來至榮府，先來見鳳姐。只見鳳姐已將銀子封好，正要送去。

尤氏問：「都齊了？」

鳳姐兒笑道：「都有了，快拿了去罷，丟了我不管。」

尤氏笑道：「我有些信不及，倒要當面點一點。」說著，果然按數一點，只沒有李紈的一分。

尤氏笑道：「我說妳鬼[6]呢，怎麼妳大嫂子的沒有？」

6. **鬼**——搗鬼，耍花招。

鳳姐兒笑道：「那麼些還不夠使？短一分兒也罷了，等不夠了我再給妳。」

尤氏道：「昨兒妳在人跟前作人，今兒又來和我賴，這個斷不依妳。我只和老太太要去。」

鳳姐兒笑道：「我看妳利害。明兒有了事，我也丁是丁，卯是卯[7]的，妳也別抱怨。」

尤氏笑道：「妳一般的也怕。不看妳素日孝敬我，我才是不依妳呢。」說著，把平兒的一分拿了出來，說道：「平兒，來！把妳的收起去，等不夠了，我替妳添上。」

平兒會意，因說道：「奶奶先使著，若剩下了，再賞我一樣。」尤氏笑道：「只許妳主子作弊，就不許我作情兒。」平兒只得收了。

尤氏又道：「我看著妳主子這麼細緻，弄這些錢哪裡使去！使不了，明兒帶了棺材裡使去。」

7. **丁是丁，卯是卯**——某個釘子一定要安在相應的鉚處，不能有差錯。形容對事認真，毫不含糊。

…一面說著，一面又往賈母處來。先請了安，大概說了兩句話，便走到鴛鴦房中和鴛鴦商議，只聽鴛鴦的主意行事，何以討賈母的喜歡。

二人計議妥當。尤氏臨走時，也把鴛鴦二兩銀子還她，說：「這還使不了呢。」說著，一逕出來，又至王夫人跟前說了一回話。因王夫人進了佛堂，把彩雲一分也還了她。

見鳳姐不在跟前，一時把周、趙二人的也還了。她兩個還不敢收。尤氏道：「妳們可憐見的，哪裡有這些閒錢？鳳丫頭便知道了，有我應著呢。」二人聽說，千恩萬謝的方收了。於是尤氏一逕出來，坐車回家，不在話下。

※……※……※

…展眼已是九月初二日，園中人都打聽得尤氏辦得十分熱鬧，不但有戲，連耍百戲的並說書的男女先兒[8]全有，都打點取

8.男女先兒——男女盲藝人。先兒，是「先生」的略稱。

樂玩耍。

李紈又向眾姊妹道：「今兒是正經社日，可別忘了。寶玉也不來，想必他只圖熱鬧，把清雅就丟開了。」說著，便命丫鬟去瞧作什麼，快請了來。

丫鬟去了半日，回說：「花大姐姐說，今兒一早就出門去了。」眾人聽了，都詫異說：「再沒有出門之理。這丫頭糊塗，不知說話。」因又命翠墨去。

一時翠墨回來說：「可不真出了門了。說有個朋友死了，出去探喪去了。」

探春道：「斷然沒有的事。憑他什麼，再沒今日出門之理。妳叫襲人來，我問她。」

…剛說著，只見襲人走來。李紈等都說道：「今兒憑他有什麼事，也不該出門。頭一件，妳二奶奶的生日，老太太都這麼高興，兩府上下眾人來湊熱鬧，他倒走了！第二件，又是頭一社的正日子，他也不告假，就私自去了！」

襲人嘆道：「昨兒晚上就說了，今兒一早有要緊的事，到北靜王府裡去，就趕回來的。勸他不要去，他必不依。今兒一早起來，又要素衣裳穿，想必是北靜王府裡的要緊姬妾沒了，也未可知。」

李紈等道：「若果如此，也該去走走，只是也該回來了。」說著大家又商議：「咱們只管作詩，等他回來罰他。」

……剛說著，只見賈母已打發人來請，便都往前頭去了。襲人回明寶玉的事，賈母不樂，便命人去接。

……原來寶玉心裡有件私事，於頭一日就吩咐茗煙：「明日一早要出門，備下兩匹馬，在後門口等著，不要別一個跟著。說用找，只說北府裡留下了，橫豎就來的。」茗煙也摸不著頭腦，只得依言說了。今兒一早，果然備了兩匹馬在園後門等著。

天亮了，只見寶玉遍體純素，從角門出來，一語不發，跨上馬，一彎腰，順著街就顛下去了。茗煙也只得跨馬加鞭趕上，在後面忙問：「往那裡去？」

寶玉道：「這條路是往那裡去的？」

茗煙道：「這是出北門的大道。出去了冷清清沒有可玩的。」

寶玉聽說，點頭道：「正要冷清清的地方才好。」說著，索性加了兩鞭，那馬早已轉了兩個彎子，出了城門。茗煙越發不得主意，只得緊緊跟著。

……一氣跑了七八里路出來，人煙漸漸稀少，寶玉方勒住馬，回頭問茗煙道：「這裡可有賣香的？」

茗煙道：「香倒有，不知是哪一樣？」

寶玉想道：「別的香不好，須得檀、芸、降[9]三樣。」

茗煙笑道：「這三樣可難得。」寶玉為難。

茗煙見他為難，因問道：「要香作什麼使？我見二爺時常小荷包裡有散香，何不找一找？」

一句提醒了寶玉，便回手從衣襟下掏出一個荷包來，摸了一摸，竟有兩星沉速[10]，心內歡喜：「只是不恭些。」再想自己親身帶的，倒比買的又好些。

於是又問爐炭。茗煙道：「這可罷了。荒郊野外哪裡有？既用這些，何不早說，帶了來豈不便宜。」

寶玉道：「糊塗東西，若可帶了來，又不這樣沒命的跑了。」

……茗煙想了半日，笑道：「我得了個主意，不知二爺心下如何？我想二爺不止用這個呢，只怕還要用別的，這也不是

9.檀、芸、降——三種較名貴的香。檀，以檀香木製成。芸，以芸香草製成。降，以降香木製成。

10.兩星沉速——星，小顆、小塊。沉速，沉香和速香。這裡是指兩小塊以沉香和速香合成的香料。

事。如今我們往前再走二里地，就是水仙庵了。」

寶玉聽了忙問：「水仙庵就在這裡？更好了，我們就去。」說著，就加鞭前行，一面回頭向茗煙道：「這水仙庵的姑子長往咱們家去，咱們這一去到那裡和她借香爐使使，她自然是肯的。」

茗煙道：「別說是咱們家的香火，就是平白不認識的廟裡，和她借，她也不敢駁回。只是一件，我常見二爺最厭這水仙庵的，如何今兒又這樣喜歡了？」

寶玉道：「我素日因恨俗人不知原故，混供神混蓋廟，這都是當日有錢的老公[11]們和那些有錢的愚婦們，聽見有個神，就蓋起廟來供著，也不知那神是何人，因聽些野史小說，便信真了。比如這水仙庵裡面，因供的是洛神，故名水仙庵，殊不知古來並沒有個洛神，那原是曹子建的謊話，誰知這起愚人就塑了像供著。今兒卻合我的心事，故借他一用。」

11. 老公——宦官的俗稱。

……說著早已來至門前。那老姑子見寶玉來了，事出意外，竟像天上掉下個活龍來的一般，忙上來問好，命老道來接馬。寶玉進了來，也不拜洛神之像，卻只管賞鑒。雖是泥塑的，卻真有「翩若驚鴻，婉若游龍」之態，「荷出綠波，日映朝霞」之姿。寶玉不覺滴下淚來。

……老姑子獻茶，寶玉因和她借香爐。那姑子去了半日，連香供紙馬都預備了來。寶玉道：「一概不用。」便命茗煙捧著爐出至後院中，要揀一塊乾淨地方兒，竟揀不出。

茗煙道：「那井臺上如何？」寶玉點頭，一齊來至井臺上，將爐放下。

……茗煙站過一旁。寶玉掏出香來焚上，含淚施了半禮，回身命收了去。

…茗煙答應，且不收，忙爬下磕了幾個頭，口內祝道：「我茗煙跟二爺這幾年，二爺的心事，我沒有不知道的，只有今兒這一祭祀，沒有告訴我，我也不敢問。只是這受祭的陰魂雖不知名姓，想來自然是那人間有一，天上無雙，極聰明極俊雅的一位姐姐妹妹了。

「二爺心事不能出口，讓我代祝：妳若芳魂有感，香魄多情，雖然陰陽間隔，既是知己之間，時常來望候二爺，未嘗不可。妳在陰間，保佑二爺來生也變個女孩兒，和妳們一處相伴，再不可又托生這鬚眉濁物了。」說畢，又磕幾個頭，才爬起來。

寶玉聽他沒說完，便撐不住笑了，因踢他道：「休胡說，看人聽見笑話。」

…茗煙起來，收過香爐，和寶玉走著，因道：「我已經和姑子說了，二爺還沒用飯，叫她隨便收拾了些東西，二爺勉強吃些。我知道今兒咱們裡頭大排筵宴，熱鬧非常，二爺為此才躲了出來的。橫豎在這裡清淨一天，也就盡到禮了。若不吃東西，斷使不得。」

寶玉道：「戲酒既不吃，這隨便素的吃些何妨。」

茗煙道：「這才是呢。還有一說，咱們來了，還有人不放心。若沒有人不放心，便晚了進城何妨？若有人不放心，二爺須得進城回家去才是。「第一，老太太、太太也放了心；第二，禮也盡了，不過如此。就是家去了看戲吃酒，也並不是二爺有意，原不過陪著父母盡孝道。二爺若單為了這個，不顧老太太、太太懸心，就是方才那受祭的陰魂也不安生。二爺想我這話如何？」

寶玉笑道：「你的意思我猜著了，你想著只你一個跟了我出來，回來你怕擔不是，所以拿這大題目來勸我。我才來了，不過為盡個禮，再去吃酒看戲，並沒說一日不進城。這已完了心願，趕著進城，大家放心，豈不兩盡其道。」

茗煙道：「這更好了。」

……說著，二人來至禪堂，果然那姑子收拾了一桌素菜。寶玉胡亂吃了些，茗煙也吃了。

……二人便上馬仍回舊路。茗煙在後面只囑咐：「二爺好生騎著，這馬總沒大騎的，手提緊著些！」

一面說著，早已進了城，仍從後門進去，忙忙來至怡紅院中。襲人等都不在房裡，只有幾個老婆子看屋子，見他來了，都喜得眉開眼笑說：「阿彌陀佛，可來了！把花姑娘急瘋了！上頭正坐席呢，二爺快去罷。」

寶玉聽說，忙將素服脫了，自去尋了華服換上，問在什麼地方坐席，老婆子回說：「在新蓋的大花廳上。」

⋯寶玉聽說，一逕往花廳來，耳內早已隱隱聞得歌管之聲。剛至穿堂那邊，只見玉釧兒獨坐在廊檐下垂淚，一見他來，便收淚說道：「鳳凰來了，快進去罷。再一會子不來，都反了。」

寶玉陪笑道：「妳猜我往那裡去了？」玉釧兒不答，只管擦淚。

寶玉忙進廳裡，見了賈母王夫人等，眾人真如得了鳳凰一般。

寶玉忙趕著與鳳姐兒行禮。賈母王夫人都說他道：「不知好歹！怎麼也不說聲就私自跑了？這還了得！明兒再這樣，等你老子回家來，必告訴他打你。」

說著，又罵跟的小廝們都偏聽他的話，說哪裡去就去，也不回一聲兒。一面又問他到底那去了，可吃了什麼，可唬著了。

……寶玉只回說：「北靜王的一個愛妾昨日沒了，給他道惱[12]去。他哭得那樣，不好撇下就回來，所以多等了一會子。」賈母道：「以後再私自出門，不先告訴我們，一定叫你老子打你。」寶玉答應著。因又要打跟的小子們，眾人又忙說情，又勸道：「老太太也不必過慮了，他已經回來，大家該放心樂一回了。」

……賈母先不放心，自然發恨，今見他來了，喜且有餘，那裡還恨，也就不提了；還怕他不受用，或者別處沒吃飽，路上著了驚怕，反百般的哄他。襲人早過來服侍。大家仍舊看戲。當日演的是《荊釵記》[13]。賈母、薛姨媽等都看得心酸落淚，也有嘆的，也有罵的。要知端的，下回分解。

12. 道惱——向遭喪遇禍的人家慰問。

13. 《荊釵記》——南戲劇本內容為描寫王十朋和錢玉蓮悲歡離合的故事。

◎第四四回◎

變生不測鳳姐潑醋
喜出望外平兒理妝

……話說眾人看演《荊釵記》，寶玉和姊妹一處坐著。林黛玉因看到《男祭》這一齣上，便和寶釵說道：「這王十朋也不通的很，不管在那裡祭一祭罷了，必定跑到江邊子上來作什麼！俗語說，『睹物思人』，天下的水總歸一源，不拘那裡的水舀一碗看著哭去，也就盡情了。」寶釵不答。寶玉回頭要熱酒敬鳳姐。

……原來賈母說今日不比往日，定要叫鳳姐痛樂一日。本來自己懶待坐席，只在裡間屋裡榻上歪著，和薛姨媽看戲，隨心愛吃的揀幾樣放在小几上，隨意吃著說話兒；將自己兩桌席面賞那沒有席面的大小丫頭並那應差聽差的婦人等，命她們在窗外廊檐下也只管坐著隨意吃喝，不必拘禮。王夫人和邢夫人在地下高桌上坐著，外面幾席是她姊妹們坐。

……賈母不時吩咐尤氏等：「讓鳳丫頭坐在上面，妳們好生替我待東[1]，難為她一年到頭辛苦。」尤氏答應了，又笑回說道：「她坐不慣首席，坐在上頭，橫不是豎不是的，酒也不肯吃。」賈母聽了，笑道：「妳不會，等我親自讓他去。」鳳姐兒忙也進來，笑說：「老祖宗，別信她們的話，我吃了好幾鍾了。」賈母笑著，命尤氏：「快拉她出去，按在椅子上，妳們都輪流敬她。她再不吃，我當真的就親自去了。」

1. 待東──即作東道主。

……尤氏聽說，忙笑著又拉她出來坐下，命人拿了臺盞[2]斟了酒，笑道：「一年到頭，難為妳孝順老太太、太太和我。我今兒沒什麼疼妳的，親自斟杯酒，乖乖兒的在我手裡喝一口。」鳳姐兒笑道：「妳要安心孝敬我，跪下，我就喝。」尤氏笑道：「說的妳不知是誰！我告訴妳說，好容易今兒這一遭，過了後兒，知道還得像今兒這樣不得了？趁著盡力灌喪[3]兩鍾罷。」

鳳姐兒見推不過，只得喝了兩鍾。接著眾姊妹也來，鳳姐也只得每人的喝一口。賴大媽媽見賈母尚這等高興，也少不得來湊趣兒，領著些嬤嬤們也來敬酒。鳳姐兒也難推脫，只得喝了兩口。

……鴛鴦等也都來敬，鳳姐兒真不能了，忙央告道：「好姐姐們，饒了我罷，我明兒再喝罷。」

2.臺盞──大酒杯。

3.灌喪──罵人喝酒之詞。

鴛鴦笑道：「真個的，我們是沒臉的了？就是我們在太太跟前，太太還賞個臉兒呢。往常倒有些體面，今兒當著這些人，倒拿起主子的款兒來了。我原不該來。不喝，我們就走。」說著真個回去了。

鳳姐兒忙趕上拉住，笑道：「好姐姐，我喝就是了。」說著拿過酒來，滿滿的斟了一杯喝乾。鴛鴦方笑了散去。然後又入席。

……※……※……※……

鳳姐兒自覺酒沉了[4]，心裡突突[5]的似往上撞，要往家去歇歇，只見那耍百戲的上來，便和尤氏說：「預備賞錢，我要洗洗臉去。」尤氏點頭。

鳳姐兒瞅人不防，便出了席，往房門後檐下走來。平兒留心，也忙跟了來，鳳姐兒便扶著她。才至穿廊下，只見她房裡的一個小丫頭正在那裡站著，見她兩個來了，回身就跑。鳳姐

4. 酒沉了——飲酒過量的意思。

5. 突突的——跳動貌。

兒便疑心忙叫。

那丫頭先只裝聽不見，無奈後面連平兒也叫，只得回來。

……鳳姐兒越發起了疑心，忙和平兒進了穿堂，叫那小丫頭子也進來，把槅扇關了，鳳姐兒坐在小院子的臺階上，命那丫頭子跪了，喝命平兒：「叫兩個二門上的小廝來，拿繩子鞭子，把那眼睛裡沒主子的小蹄子打爛了！」

那小丫頭子已經唬的魂飛魄散，哭著只管磕頭求饒。

鳳姐兒問道：「我又不是鬼，妳見了我，不說規規矩矩站住，怎麼倒往前跑？」

小丫頭子哭道：「我原沒看見奶奶來。我又記掛著房裡無人，所以跑了。」

……鳳姐兒道：「房裡既沒人，誰又叫妳來的？妳便沒看見我，我和平兒在後頭扯著脖子叫了你十來聲，越叫越跑。離的又不遠，妳聾了不成？妳還和我強嘴！」說著便揚手一掌打在臉上，打的那小丫頭子一栽；這邊臉上又一下，登時小丫頭子兩腮紫脹起來。平兒忙勸：「奶奶仔細手疼。」鳳姐便說：「妳再打著，問她跑什麼。她再不說，把嘴撕爛了她的！」

……那小丫頭子先還強嘴，後來聽見鳳姐兒要燒了紅烙鐵來烙嘴，方哭道：「二爺在家裡，打發我來這裡瞧著奶奶的，若見奶奶散了，先叫我送信兒去的。不承望奶奶這會子就來了。」

鳳姐兒見話中有文章，便又問道：「叫妳瞧著我做什麼？難道怕我家去不成？必有別的原故，快告訴我，我從此以後疼妳。妳若不細說，立刻拿刀子來割妳的肉。」

說著，回頭向頭上拔下一根簪子來，向那丫頭嘴上亂戳，唬得那丫頭一行躲，一行哭求道：「我告訴奶奶，可別說我說的。」

平兒一旁勸，一面催她，叫她快說。丫頭便說道：「二爺也是才來房裡的，睡了一會醒了，打發人來瞧瞧奶奶，說才坐席，還得好一會才來呢。二爺就開了箱子，拿了兩塊銀子，還有兩根簪子，兩匹緞子，叫我悄悄的送與鮑二的老婆去，叫她進來。她收了東西就往咱們屋裡來了。二爺叫我來瞧著奶奶，底下的事我就不知道了。」

……鳳姐聽了，已氣得渾身發軟，忙立起身來，一逕來家。剛至院門，只見又有一個小丫頭在門前探頭兒，一見了鳳姐，也縮頭就跑。

鳳姐兒提著名字喝住。那丫頭本來伶俐，見躲不過了，索性跑了出來，笑道：「我正要告訴奶奶去呢，可巧奶奶來了。」

鳳姐兒道：「告訴我什麼？」那小丫頭便說二爺在家這般如此如此，將方才的話也說了一遍。

……鳳姐啐道：「妳早做什麼了？這會子我看見妳了，妳來推乾淨兒！」說著也揚手一下，打得那丫頭一個趔趄[6]。便躡手躡腳的走至窗前。往裡聽時，只聽裡頭說笑。

那婦人笑道：「多早晚你那閻王老婆死了就好了。」

賈璉道：「她死了再娶一個也是這樣，又怎麼樣呢？」

那婦人道：「她死了，你倒是把平兒扶了正，只怕還好些。」

賈璉道：「如今連平兒她也不叫我沾一沾了。平兒也是一肚子委曲不敢說。我命裡怎麼就該犯了『夜叉星』[7]。」

……鳳姐聽了，氣得渾身亂戰，又聽他倆都贊平兒，便疑平兒素

6. 趔趄（音列拘）—身體搖晃，站立不穩的樣子。

7. 夜叉星—不吉利的星宿。

日背地裡自然也有憤怨語了，那酒越發湧了上來，也並不忖度，回身把平兒先打了兩下，一腳踢開門進去，也不容分說，抓著鮑二家的撕打一頓。又怕賈璉走出去，便堵著門站著罵道：「好淫婦！妳偷主子漢子，還要治死主子老婆！平兒過來！你們淫婦忘八[8]一條藤兒[9]，多嫌著我，外面兒你哄我！」說著又把平兒打幾下，打的平兒有冤無處訴，只氣得乾哭，罵道：「你們做這些沒臉的事，好好的又拉上我做什麼！」說著也把鮑二家的撕打起來。

賈璉也因吃多了酒，進來高興，未曾做得機密，一見鳳姐來了，已沒了主意。又見平兒也鬧起來，把酒也氣上來了。鳳姐兒打鮑二家的，他已又氣又愧，只不好說的，今見平兒也打，便上來踢罵道：「好娼婦！妳也動手打人！」平兒氣怯，忙住了手，哭道：「你們背地裡說話，為什麼拉我呢？」

8. 忘八——罵人行為不正的話。

9. 一條藤兒——比喻串通一氣；一夥。

鳳姐見平兒怕賈璉，越發氣了，又趕上來打著平兒，偏叫打鮑二家的。平兒急了，便跑出來找刀子要尋死。外面眾婆子丫頭忙攔住解勸。

……這裡鳳姐見平兒尋死去，便一頭撞在賈璉懷裡，叫道：「你們一條藤兒害我，被我聽見了，倒都唬起我來。你也勒死我！」賈璉氣得牆上拔出劍來，說道：「不用尋死，我也急了，一齊殺了，我償了命，大家乾淨。」

正鬧得不開交，只見尤氏等一群人來了，說：「這是怎麼說，才好好的，就鬧起來。」賈璉見了人，越發倚酒三分醉，逞起威風來，故意要殺鳳姐兒。鳳姐兒見人來了，便不似先前那般潑了，丟下眾人，便哭著往賈母那邊跑。

……此時戲已散出，鳳姐跑到賈母跟前，爬在賈母懷裡，只說：

「老祖宗救我！璉二爺要殺我呢！」賈母、邢夫人、王夫人等忙問怎麼了。

鳳姐兒哭道：「我才家去換衣裳，不防璉二爺在家和人說話，我只當是有客來了，唬得我不敢進去。在窗戶外頭聽了一聽，原來是和鮑二家的媳婦商議，說我利害，要拿毒藥給我吃了，治死我，把平兒扶了正。

「我原氣了，又不敢和他吵，原打了平兒兩下，問她為什麼要害我。他臊了，就要殺我。」賈母等聽了，都信以為真，說：「這還了得！快拿了那下流種子來！」

……一語未完，只見賈璉拿著劍趕來，後面許多人跟著。賈璉明仗著賈母素日疼他們，連母親嬸母也無礙，故逞強鬧了來。

邢夫人、王夫人見了，氣的忙攔住罵道：「這下流種子！你越發反了，老太太在這裡呢！」

賈璉乜斜著眼道：「都是老太太慣得她，她才這樣，連我也罵起來了！」

邢夫人氣的奪下劍來，只管喝他快出去。那賈璉撒嬌撒痴，涎言涎語[10]的還只亂說。

賈母氣得說道：「我知道你也不把我們放在眼睛裡，叫人把他老子叫來，看他去不去！」

賈璉聽見這話，方趔趄著腳兒出去了，賭氣也不往家去，便往外書房來。

…這裡邢夫人、王夫人也說鳳姐兒。

賈母笑道：「什麼要緊的事！小孩子們年輕，饞嘴貓兒似的，那裡保得住不這麼著。從小兒世人都打這麼過的。都是我的不是，她多吃了兩口酒，又吃起醋來。」說的眾人都笑了。

10. 涎言涎語—厚着臉皮胡言亂語，撒賴。

…賈母又道：「妳放心，等明兒我叫他來替妳賠不是。妳今兒也別要過去臊著他。」因又罵：「平兒那蹄子，素日我倒看她好，怎麼暗地裡這麼壞。」

尤氏等笑道：「平兒沒有不是，是鳳丫頭拿著人家出氣。兩口子不好對打，都拿著平兒煞性子[11]。平兒委曲得什麼似的呢，老太太還罵人家。」

賈母道：「原來這樣，我說那孩子倒不像那狐媚魘道[12]的。既這麼著，可憐見的白受他們的氣。」因叫琥珀來：「妳出去告訴平兒，就說我的話：我知道她受了委曲，明兒我叫鳳丫頭替她賠不是。今兒是她主子的好日子，不許她胡鬧。」

……※……※……※……

…原來平兒早被李紈拉入大觀園去了。平兒哭的哽咽難止。

寶釵勸道：「妳是個明白人，素日鳳丫頭何等待妳，今兒不過

11. **煞性子**——發洩憤怒，出氣。

12. **狐媚魘道**——用邪魔外道來迷惑陷害人。

她多吃一口酒。她可不拿妳出氣，難道倒拿別人出氣不成？別人又笑話她吃醉了。妳只管這會子委曲，素日妳的好處豈不都是假的了？」

正說著，只見琥珀走來，說了賈母的話。平兒自覺面上有了光輝，方才漸漸的好了，也不往前頭來。寶釵等歇息了一回，方來看賈母、鳳姐。

……寶玉便讓了平兒到怡紅院中來。襲人忙接著，笑道：「我先原要讓妳的，只因大奶奶和姑娘們都讓妳，我就不好讓的了。」平兒也陪笑說：「多謝」。因又說道：「好好兒的從那裡說起，無緣無故白受了一場氣。」

襲人笑道：「二奶奶素日待妳好，這不過是一時氣急了。」

平兒道：「二奶奶倒沒說的，只是那淫婦治的我，她又偏拿我湊趣，況還有我們那糊塗爺倒打我。」說著便又委曲，禁不住落淚。

寶玉忙勸道：「好姐姐，別傷心，我替他兩個賠不是罷。」

平兒笑道：「與你什麼相干？」

寶玉笑道：「我們弟兄姊妹都一樣。他們得罪了人，我替他賠個不是也是應該的。」又道：「可惜這新衣裳也沾了，這裡有你花妹妹的衣裳，何不換了下來，拿些燒酒噴了，熨一熨。把頭也另梳一梳，洗洗臉。」一面說，一面便吩咐了小丫頭子們舀洗臉水，燒熨斗來。

……平兒素習只聞人說寶玉專能和女孩兒們接交；寶玉素日因平兒是賈璉的愛妾，又是鳳姐兒的心腹，故不肯和她廝近，因不能盡心，也常為恨事。平兒今見他這般，心中也暗暗的敁敠：果然話不虛傳，色色想得周到。又見襲人特特的開了箱子，拿出兩件不大穿的衣裳來與她換，便趕忙的脫下自己的衣服，忙去洗了臉。

寶玉一旁笑勸道：「姐姐還該擦上些脂粉，不然倒像是和鳳姐姐賭氣了似的。況且又是她的好日子，而且老太太又打發了人來安慰妳。」平兒聽了有理，便去找粉，只不見粉。

寶玉忙走至妝臺前，將一個宣窯瓷盒揭開，裡面盛著一排十根玉簪花棒，拈了一根遞與平兒。又笑向她道：「這不是鉛粉，這是紫茉莉花種，研碎了兌上香料製的。」

平兒倒在掌上看時，果見輕、白、紅、香，四樣俱美，攤在面上也容易勻淨，且能潤澤肌膚，不似別的粉青重澀滯。然後看見胭脂也不是成張的，卻是一個小小的白玉盒子，裡面盛著一盒，如玫瑰膏子一樣。

寶玉笑道：「那市賣的胭脂都不乾淨，顏色也薄。這是上好的胭脂擰出汁子來，淘澄淨了渣滓，配了花露蒸疊成的。只用細簪子挑一點兒，抹在手心裡，用一點水化開，抹在唇上；

手心裡就夠打頰腮了。」

平兒依言妝飾，果見鮮艷異常，且又甜香滿頰。寶玉又將盆內開的一枝並蒂秋蕙用竹剪刀擷[13]了下來，與她簪在鬢上。忽見李紈打發丫頭來喚她，方忙忙的去了。

……寶玉因自來從未在平兒前盡過心，——且平兒又是個極聰明、極清俊的上等女孩兒，比不得那起俗拙蠢物——深為恨怨。今日是金釧兒的生日，故一日不樂。不想落後鬧出這件事來，竟得在平兒前稍盡片心，亦今生意中不想之樂也。因歪在床上，心內怡然自得。

忽又思及賈璉惟知以淫樂悅己，並不知作養脂粉。又思平兒並無父母兄弟姊妹，獨自一人，供應賈璉夫婦二人。賈璉之俗，鳳姐之威，她竟能周全妥貼，今兒還遭荼毒，想來此人薄命比黛玉猶甚。想到此間，便又傷感起來，不覺淒然淚下。

13. 擷—採摘。這裡是剪下來的意思。

因見襲人等不在房內，盡力落了幾點痛淚。復起身，又見方才的衣裳上噴的酒已半乾，便拿熨斗熨了疊好；見她的手帕子忘去，上面猶有淚漬，又拿至臉盆中洗了晾上。又喜又悲，悶了一回，也往稻香村來，說一回閒話，掌燈後方散。

⋯⋯平兒就在李紈處歇了一夜，鳳姐兒只跟著賈母。賈璉晚間歸房，冷清清的，又不好去叫，只得胡亂睡了一夜。次日醒了，想昨日之事，大沒意思，後悔不來。邢夫人記掛著昨日賈璉醉了，忙一早過來，叫了賈璉過賈母這邊來。賈璉只得忍愧前來，在賈母面前跪下。

⋯⋯賈母問他：「怎麼了？」

賈璉忙陪笑說：「昨兒原是吃了酒，驚了老太太的駕了，今兒來領罪。」

賈母啐道：「下流東西，灌了黃湯，不說安分守己的挺屍[14]去，倒打起老婆來了！鳳丫頭成日家說嘴，霸王似的一個人，昨兒唬得可憐。要不是我，妳要傷了她的命，這會子可怎麼樣？」

賈璉一肚子的委曲，不敢分辯，只認不是。

賈母又道：「那鳳丫頭和平兒還不是個美人胎子？你還不足！成日家偷雞摸狗，髒的臭的，都拉了你屋裡去。為這起淫婦打老婆，又打屋裡的人，你還虧是大家子公子出身，活打了嘴了。

「若你眼睛裡有我，你起來，我饒了你，乖乖的替你媳婦賠個不是，拉了她家去，我就喜歡了。要不然，你只管出去，我也不敢受你的跪。」

賈璉聽如此說，又見鳳姐兒站在那邊，也不盛妝，哭得眼睛腫著，也不施脂粉，黃黃臉兒，比往常更覺可憐可愛。

14. **挺屍**——屍身僵直。多用為睡覺的罵詞或詛詞。

想著：「不如賠了不是，彼此也好了，又討老太太的喜歡。」想畢，便笑道：「老太太的話我不敢不依，只是越發縱了她了。」

賈母笑道：「胡說！我知道她最有禮的，再不會衝撞人。她日後得罪了你，我自然也作主，叫你降伏就是了。」

……賈璉聽說，爬起來，便與鳳姐兒作了一個揖，笑道：「原來是我的不是，二奶奶饒過我罷。」滿屋裡的人都笑了。

賈母笑道：「鳳丫頭，不許惱了，再惱我就惱了。」說著，又命人去叫了平兒來，命鳳姐兒和賈璉兩個安慰平兒。

……賈璉見了平兒，越發顧不得了，所謂「妻不如妾，妾不如偷」，聽賈母一說，便趕上來說道：「姑娘昨日受了屈了，都是我的不是。奶奶得罪了妳，也是因我而起。我賠了不是不算外，還替你奶奶賠個不是。」說著，也作了一個揖，引的賈母笑了，鳳姐兒也笑了。

賈母又命鳳姐兒來安慰她。平兒忙走上來給鳳姐兒磕頭，說：「奶奶的千秋[15]，我惹了奶奶生氣，是我該死。」鳳姐兒正自愧悔昨日酒吃多了，不念素日之情，浮躁起來，為聽了旁人的話，無故給平兒沒臉。今反見她如此，又是慚愧，又是心酸，忙一把拉起來，落下淚來。平兒道：「我服侍了奶奶這麼幾年，也沒彈我一指甲。就是昨兒打我，我也不怨奶奶，都是那淫婦治的，怨不得奶奶生氣。」說著，也滴下淚來了。

……賈母便命人將他三人送回房去，「有一個再提此事，即刻來回我，我不管是誰，拿拐棍子給他一頓。」三個人重新給賈母、邢、王二位夫人磕了頭。

15. 千秋——祝頌長壽之詞，代指生日。

老嬤嬤答應了，送他三人回去。

……至房中，鳳姐兒見無人，方說道：「我怎麼像個閻王，又像夜叉？那淫婦咒我死，你也幫著咒我。千日不好也有一日好。可憐我熬得連個淫婦也不如了，我還有什麼臉來過這日子？」說著，又哭了。

賈璉道：「妳還不足？妳細想想，昨兒誰的不是多？今兒當著人還是我跪了一跪，又賠不是，妳也爭足了光了。這會子還叨叨[16]，難道還叫我替妳跪下才罷？太要足了強也不是好事。」

說得鳳姐兒無言可對，平兒「嗤」的一聲又笑了。賈璉也笑道：「又好了！真真我也沒法了。」

……正說著，只見一個媳婦來回說：「鮑二媳婦吊死了。」賈

16. 叨叨——話多囉唆。

璉、鳳姐兒都吃了一驚。鳳姐忙收了怯色，反喝道：「死了罷了，有什麼大驚小怪的！」

一時只見林之孝家的進來，悄回鳳姐道：「鮑二媳婦吊死了，她娘家的親戚要告呢。」

鳳姐兒笑道：「這倒好了，我正想要打官司呢！」

林之孝家的道：「我才和眾人勸他們一回，又威嚇了一陣，又許了他幾個錢，也就依了。」

鳳姐兒道：「我沒一個錢！有錢也不給，只管叫他告去。也不許勸他，也不用震嚇他，只管讓他告去。告不成倒問他個『以尸訛詐』！」

……林之孝家的正在為難，見賈璉和她使眼色兒，心下明白，便出來等著。賈璉道：「我出去瞧瞧，看是怎麼樣。」

鳳姐兒道：「不許給他錢。」

賈璉一逕出來，和林之孝來商議，著人去作好作歹，許了二百兩發送才罷。賈璉生恐有變，又命人去和王子騰說了，將番役仵作[17]人等叫了幾名來，幫著辦喪事。那些人見了如此，縱要復辨亦不敢辨，只得忍氣吞聲罷了。

賈璉又命林之孝將那二百銀子入在流年帳上，分別添補開銷過去。又梯己[18]給鮑二些銀兩，安慰他說：「另日再挑個好媳婦給你。」鮑二又有體面，又有銀子，有何不依，便仍然奉承賈璉，不在話下。

……裡面鳳姐心中雖不安，面上只管佯不理論，因房中無人，便拉平兒笑道：「我昨兒灌喪了酒了，妳別憒怨，打了那裡，讓我瞧瞧。」

平兒道：「也沒打重。」只聽得說，奶奶、姑娘們都進來了。要知端的，下回分解。

17. 仵作——官衙中專司驗屍的差役。

18. 梯己——這裡是私下的意思。

◎第四五回◎

金蘭契[1]互剖金蘭語

風雨夕悶製風雨詞

…話說鳳姐兒正撫恤平兒，忽見眾姊妹進來，忙讓坐了，平兒斟上茶來。鳳姐兒笑道：「今兒來得這麼齊，倒像下帖子請了來的。」

…探春先笑道：「我們有兩件事：一件是我的，一件是四妹妹的，還夾著老太太的話。」

鳳姐兒笑道：「有什麼事，這麼要緊？」

探春笑道：「我們起了個詩社，頭一社就不齊全，眾人臉軟，所以就亂了。我想必得妳去作個監社御史，鐵面無私才好。再四妹妹為畫園子，用的東西這般那般不全，回了老太太，老太太說：

『只怕後頭樓底下還有當年剩下的，找一找，若有呢，拿出來，若沒有，叫人買去。』」

鳳姐笑道：「我又不會作什麼『濕』的『乾』的，要我吃東西去不成？」

探春道：「妳雖不會作，也不要妳作。妳只監察著我們裡頭有偷安怠惰的，該怎麼樣罰她就是了。」

……鳳姐兒笑道：「妳們別哄我，我猜著了，那裡是請我作監社御史！分明是叫我作個進錢的銅商[2]。妳們弄什麼社，必是要輪流作東道的。妳們的月錢不夠花了，想出這個法子來拘我去，好和我要錢。可是這個主意？」一席話說得眾人都笑起來了。

……李紈笑道：「真真妳是個水晶心肝玻璃人。」

1. **金蘭契**——比喻情投意合的知心朋友。

2. **進錢的銅商**——**進錢**，供給錢。**進**，是進奉的意思。**銅商**，西漢鄧通受寵於漢文帝，得賜蜀郡嚴道銅山，可自行籌錢，是西漢富商。後以銅商代指富商。

鳳姐兒笑道：「虧妳是個大嫂子呢！把姑娘們原交給妳帶著念書，學規矩、針線的，她們不好，妳要勸。這會子她們起詩社能用幾個錢，妳就不管了？老太太、太太罷了，原是老封君[3]。妳一個月十兩銀子的月錢，比我們多兩倍銀子。老太太、太太還說妳，「寡婦失業」的，可憐，不夠用，又有個小子，足的又添了十兩，和老太太、太太平等。又給妳園子地，各人取租子。年終分年例，妳又是上上分兒。

「妳娘兒們，主子奴才共總沒十個人，吃的穿的仍舊是官中的。一年通共算起來，也有四五百銀子。這會子妳就每年拿出一二百兩銀子來，陪她們玩玩，能幾年的限期？她們各人出了閣，難道還要妳賠不成？這會子妳怕花錢，調唆她們來鬧我，我樂得去吃一個河涸海乾[4]，我還通不知道呢！」

……李紈笑道：「妳們聽聽，我說了一句，她就瘋了，說了兩車

3.封君——古代受封邑的貴族的通稱。自晉以後，歷代都有封典之制，凡受封典的就叫「封君」。

4.河涸海乾——河流乾涸，大海枯竭。比喻窮盡、徹底，不留餘地。

的無賴泥腿[5]市俗專會打細算盤分斤撥兩的話出來。這東西，虧她托生在詩書大宦名門之家做小姐，出了嫁又是這樣，她還是這麼著；若是生在貧寒小戶人家，作個小子，還不知怎麼下作貧嘴惡舌的呢！天下人都被妳算計了去！「昨兒還打平兒呢，虧妳伸得出手來！那黃湯難道灌喪了狗肚子裡去了？氣的我只要給平兒打抱不平。忖度了半日，好容易『狗長尾巴尖兒』的好日子[6]，又怕老太太心裡不受用，因此沒來，究竟氣還未平。妳今兒又招我來了。給平兒拾鞋也不要，妳們兩個只該換一個過子[7]才是。」說得眾人都笑了。

……鳳姐兒忙笑道：「竟不是為詩為畫來找我，這臉子[8]竟是為平兒來報仇的。我竟不承望平兒有妳這麼一位仗腰子的人。早知道，便有鬼拉著我的手打她，我也不打了。平姑娘，過

5. 泥腿——指農民。舊時多用於對農民的蔑稱。

6. 「狗長尾巴尖兒」的好日子——代指生日。

7. 過子——來回反復的次數；遍。

8. 臉子——面容。

來！我當著大奶奶姑娘們替妳賠個不是。擔待我『酒後無德』罷。」說著，眾人又都笑起來了。

李紈笑問平兒道：「如何？我說必定要給妳爭爭氣才罷。」

平兒笑道：「雖如此，奶奶們取笑，我禁不起。」

李紈道：「什麼禁不起，有我呢！快拿了鑰匙叫妳主子開了樓房找東西去。」

……鳳姐兒笑道：「好嫂子，妳且同她們回園子裡去。我才要把這米賬和她們算一算，那邊大太太又打發人來叫，又不知有什麼話說，須得過去走一趟。還有年下妳們添補的衣服，還沒打點給她們做去。」

李紈笑道：「這些事我都不管，妳只把我的事完了，我好歇著去，省得這些姑娘小姐鬧我。」

鳳姐忙笑道：「好嫂子，賞我一點空兒。妳是最疼我的，怎麼今兒為平兒就不疼我了？往常妳還勸我說：『事情雖多，也該保養身子，撿點著偷空兒歇息』，妳今兒反倒逼我的命了。「況且誤了別人的年下衣裳無礙，她姊妹們的若誤了，非是妳的責任？老太太豈不怪妳不管閒事，連一句現成的話也不說？我寧可自己賠不是，豈敢帶累妳呢。」

……李紈笑道：「妳們聽聽，說的好不好？把她會說話的！我且問你，這詩社妳到底管不管？」

鳳姐兒笑道：「這是什麼話，我不入社花幾個錢，不成了大觀園的反叛了？還想在這裡吃飯不成？明兒一早就到任，下馬拜了印，先放下五十兩銀子給妳們慢慢作會社東道。過後幾天，我又不作詩作文，只不過是個俗人罷了。『監察』也罷，不『監察』也罷，有了錢了，妳們還攆出我來！」說的眾人又都笑起來。

……鳳姐兒道：「過會子我開了樓房，凡有這些東西，都叫人搬出來。妳們看，若使得，留著使；若少什麼，照妳們單子，我叫人替妳們買去就是了。

「畫絹，我就裁出來。那圖樣沒有在太太跟前，還在那邊珍大爺那裡呢。說給妳們別碰釘子去。我打發人取了來，一併叫人連絹交給相公們礬去，如何？」

李紈點頭笑道：「這難為妳，果然這樣還罷了。既如此，咱們家去罷，等著她不送了去，再來鬧她。」說著，便帶了她姊妹就走。

……鳳姐兒道：「這些事再沒兩個人，都是寶玉生出來的。」

李紈聽了，忙回身笑道：「正是為寶玉來，反忘了他。頭一社是他誤了。我們臉軟，你說該怎麼罰他？」

鳳姐想了一想，說道：「沒有別的法子，只叫他把妳們各人屋子裡的地罰他掃一遍才好。」

眾人都笑道：「這話不差。」

…說著，才要回去，只見一個小丫頭扶了賴嬤嬤進來。鳳姐兒等忙站起來，笑道：「大娘坐。」又都向她道喜。

賴嬤嬤向炕沿上坐了，笑道：「我也喜，主子們也喜。若不是主子們的恩典，我們這喜從何來？昨兒奶奶又打發彩哥兒賞東西，我孫子在門上朝上磕了頭了。」

李紈笑道：「多早晚上任去？」

賴嬤嬤嘆道：「我那裡管他們，由他們去罷！前兒在家裡給我磕頭，我沒好話，我說：『哥哥兒，你別說你是官兒了，橫行霸道的！你今年活了三十歲，雖然是人家的奴才，一落娘胎胞，主子恩典，放你出來，上托著主子的洪福，下托著你老子娘，也是公子哥兒似的讀書認字，也是丫頭、老婆、奶子捧鳳凰似的，長了這麼大。你那裡知道那『奴才』兩字是怎麼寫的！只知道享福，也不知道你爺爺和你老子受的那苦惱，熬了兩三輩子，好容易掙出你這麼個東西來。從小兒三災八難，花的銀子也照樣打出你這麼個銀人兒來了。

『到二十歲上，又蒙主子的恩典，許你捐個前程在身上。你看那正根正苗的忍饑挨餓的要多少？你一個奴才秧子，仔細折了福！如今樂了十年，不知怎麼弄神弄鬼的，求了主子，又選了出來。州縣官兒雖小，事情卻大，為那一州的州官，就是那一方的父母。你不安分守己，盡忠報國，孝敬主子，只怕天也不容你。』」

……李紈、鳳姐兒都笑道：「妳也多慮。我們看他也就好了。先那幾年還進來了兩次，這有好幾年沒來了，年下生日，只見他的名字就罷了。前兒給老太太、太太磕頭來，在老太太那院裡，見他又穿著新官的服色，倒發的威武了，比先時也胖了。

「他這一得了官，正該妳樂呢，反倒愁起這些來！他不好，還有他父親呢，妳只受用妳的就完了。閒了坐個轎子進來，和老太太鬪一日牌，說一天話兒，誰好意思的委曲了妳。家去一般也是樓房廈廳，誰不敬妳，自然也是老封君似的了。」

……平兒斟上茶來，賴嬤嬤忙站起來接了，笑道：「姑娘不管叫那哪個孩子倒來罷了，又折受我。」說著，一面吃茶，一面又道：「奶奶不知道。這些小孩子們全要管得嚴，饒這麼嚴，他們還偷空兒鬧個亂子來叫大人操心。知道的說小孩子們淘氣；不知道的，人家就說仗著財勢欺人，連主子的名聲也不好。恨的我沒法兒，常把他老子叫來罵一頓，才好些。」

因又指寶玉道：「不怕你嫌我，如今老爺不過這麼管你一管，老太太護在頭裡。當日老爺小時挨你爺爺的打，誰沒看見的。老爺小時，何曾像你這麼天不怕地不怕的了。

「還有那邊大老爺，雖然淘氣，也沒像你這扎窩子[9]的樣兒，也是天天打。還有東府裡你珍哥兒的爺爺，那才是火上澆油的性子，說聲惱了，什麼兒子，竟是審賊！

「如今我眼裡看著，耳朵裡聽著，那珍大爺管兒子，倒也像當日老祖宗的規矩，只是管的到三不著兩的。他自己也不管一管自己，這些兄弟姪兒怎麼怨得不怕他？你心裡明白，喜歡我說；不明白，嘴裡不好意思，心裡不知怎麼罵我呢。」

……正說著，只見賴大家的來了，接著周瑞家的張材家的都進來回事情。鳳姐兒笑道：「媳婦來接婆婆來了。」

賴大家的笑道：「不是接她老人家，倒是打聽打聽奶奶姑娘們賞臉不賞臉？」

9. **扎窩子**——本指飛鳥鑽在窩裡不肯出來，這裡喻留戀家庭，不思有所作為。

……賴嬤嬤聽了，笑道：「可是我糊塗了，正經說的話且不說，且說陳穀子爛芝麻的混搗熟[10]。因為我們小子選了出來，眾親友要給他賀喜，少不得家裡擺個酒。我想，擺一日酒，請這個也不是，請那個也不是。又想了一想，托主子洪福，想不到的這樣榮耀，就傾了家，我也是願意的。

「因此吩咐他老子連擺三日酒：頭一日，在我們破花園子裡擺幾席酒，一臺戲，請老太太、太太們、奶奶姑娘們去散一日悶；外頭大廳上一臺戲，擺幾席酒，請老爺們、爺們去增增光；第二日再請親友；第三日再把我們兩府裡的伴兒請一請。熱鬧三天，也是托著主子的洪福一場，光輝光輝。」

李紈、鳳姐兒都笑道：「多早晚的日子？我們必去，只怕老太太高興要去，也定不得。」

賴大家的忙道：「擇了十四的日子，只看我們奶奶的老臉罷了。」

10. 混搗熟——絮絮叨叨地說一些陳詞濫調。

鳳姐笑道：「別人不知道，我是一定去的。先說下，我是沒有賀禮的，也不知道放賞，吃完了一走，可別笑話。」

賴大家的笑道：「奶奶說哪裡話？奶奶要賞，賞我們三二萬銀子就有了。」

……賴嬤嬤笑道：「我才去請老太太、老太太也說去，可算我這臉還好。」說畢，又叮嚀了一回，方起身要走，因看見周瑞家的，便想起一事來，因說道：「可是還有一句話問奶奶：這周嫂子的兒子犯了什麼不是，攆了他不用？」

鳳姐兒聽了，笑道：「正是，我要告訴妳媳婦，事情多，也忘了。賴嫂子回去說給妳老頭子，兩府裡不許收留他小子，叫他各人去罷。」賴大家的只得答應著。周瑞家的忙跪下央求。

……賴嬤嬤忙道：「什麼事？說給我評評。」

鳳姐兒道：「前日我生日，裡頭還沒吃酒，他小子先醉了。老娘那邊送了禮來，他不說在外頭張羅，倒坐著罵人，禮也不送進來。兩個女人進來了，他才帶著小么們往裡抬。小么們倒好好的，他拿的一盒子倒失了手，撒了一院子饅頭。人去了，打發彩明去說他，他倒罵了彩明一頓。這樣無法無天的忘八羔子，不攆了作什麼！」

賴嬤嬤笑道：「我當什麼事情，原來為這個。奶奶聽我說：他有不是，打他罵他，使他改過，攆了去斷乎使不得。他又比不得是咱們家的家生子兒，他現是太太的陪房。奶奶只顧攆了他，太太臉上不好看。依我說，奶奶教導他幾板子，以戒下次，仍舊留著才是。不看他娘，也看太太。」

鳳姐兒聽說，便向賴大家的說道：「既這樣，打他四十棍，以後不許他吃酒。」賴大家的答應了。周瑞家的磕頭起來，又要與賴嬤嬤磕頭，賴大家的拉著方罷。然後她三人去了，李紈等也就回園中來。

……至晚，果然鳳姐命人找了許多舊收的畫具出來，送至園中。寶釵等選了一回，各色東西，可用的只有一半，將那一半又開了單子，與鳳姐兒去照樣置買，不必細說。

※　※　※

……一日，外面礬了絹，起了稿子進來。寶玉每日便在惜春這裡幫忙。探春、李紈、迎春、寶釵等也多往那裡閒坐，一則觀畫，二則便於會面。寶釵因見天氣涼爽，夜復漸長，遂至母親房中商議，打點些針線來。日間至賈母處、王夫人處省候兩次，不免又承色[11]陪坐，閒話半時，園中姊妹處也要度時閒話一回，故日間不大得閒，每夜燈下女工必至三更方寢。

11.承色——順承迎合父母長輩以博歡心。

……黛玉每歲至春分、秋分之後，必犯嗽疾；今歲又遇賈母高興，多遊玩了兩次，未免過勞了神，近日又復嗽起來，覺得比往常又重，所以總不出門，只在自己房中將養。有時悶了，又盼個姊妹來說些閒話排遣；及至寶釵等來望候她，說不得三五句話，又厭煩了。眾人都體諒她病中，且素日形體嬌弱，禁不得一些委屈，所以她接待不周，禮數粗忽，也都不苛責。

……這日，寶釵來望她，因說起這病症來。寶釵道：「這裡走的幾個太醫，雖都還好，只是妳吃他們的藥總不見效，不如再請一個高明的人來瞧一瞧，治好了豈不好？每年間鬧一春一夏，又不老，又不小，成什麼？不是個常法。」

黛玉道：「不中用。我知道我這病是不能好的了。且別說病，只論好的日子我是怎麼個形景，就可知了。」

寶釵點頭道：「可正是這話。古人說『食穀者生』[12]，妳素日吃的竟不能添養精神氣血，也不是好事。」

黛玉嘆道：「『死生有命，富貴在天』，也不是人力可強的。今年比往年反覺又重了些似的。」說話之間，已咳嗽了兩三次。

寶釵道：「昨兒我看妳那藥方上，人參、肉桂覺得太多了。雖說益氣補神，也不宜太熱。依我說，先以平肝健胃為要，肝火一平，不能克土，胃氣無病，飲食就可以養人了。每日早起，拿上等燕窩一兩，冰糖五錢，用銀銚子[13]熬出粥來，若吃慣了，比藥還強，最是滋陰補氣的。」

……黛玉嘆道：「妳素日待人，固然是極好的，然我最是個多心的人，只當妳心裡藏奸。從前日妳說看雜書不好，又勸我那些好話，竟大感激妳。往日竟是我錯了，實在誤到如今。細

12. 食穀者生——中醫認為食五穀可以添養精神氣血。

13. 銚（音掉）子——一種帶柄有嘴的小鍋。

細算來，我母親去世得早，又無姊妹兄弟，我長了今年十五歲，竟沒一個人像妳前日的話教導我。

「怨不得雲丫頭說妳好，我往日見她贊你，我還不受用，昨兒我親自經過，才知道了。比如若是妳說了那個，我再不輕放過妳的；妳竟不介意，反勸我那些話，可知我竟自誤了。若不是從前日看出來，今日這話，再不對妳說。

「妳方才說叫我吃燕窩粥的話，雖然燕窩易得，但只我因身上不好了，每年犯這個病，也沒什麼要緊的去處。請大夫，熬藥，人參、肉桂，已經鬧了個天翻地覆，這會子我又興出新文來熬什麼燕窩粥，老太太、太太、鳳姐姐這三個人便沒話說，那些底下的婆子、丫頭們，未免不嫌我太多事了。

「妳看這裡這些人，因見老太太多疼了寶玉和鳳丫頭兩個，她們尚虎視眈眈，背地裡言三語四的，何況於我？況我又不是她們這裡正經主子，原是無依無靠投奔了來的，她們已經多嫌著我了。如今我還不知進退，何苦叫她們咒我？」

……寶釵道：「這樣說，我也是和你一樣。」

黛玉道：「妳如何比我？妳又有母親，又有哥哥，這裡又有買賣地土，家裡又仍舊有房有地。妳不過是親戚的情分，白住了這裡，一應大小事情，又不沾他們一文半個，要走就走了。我是一無所有，吃穿用度，一草一紙，皆是和他們家的姑娘一樣，那起小人豈有不多嫌的。」

寶釵笑道：「將來也不過多費得一副嫁妝罷了，如今也愁不到這裡。」

黛玉聽了，不覺紅了臉，笑道：「人家才拿妳當個正經人，把心裡的煩難告訴妳聽，妳反拿我取笑兒。」

寶釵笑道：「雖是取笑兒，卻也是真話。妳放心，我在這裡一日，我與妳消遣一日。妳有什麼委屈煩難，只管告訴我，我能解的，自然替妳解一日。我雖有個哥哥，妳也是知道的，只有個母親比妳略強些。咱們也算同病相憐。妳也是個明白人，何必作『司馬牛之嘆』[14]？

「妳才說的也是，多一事不如省一事。我明日家去和媽媽說了，只怕我們家裡還有，與妳送幾兩，每日叫丫頭們就熬了，又便宜，又不驚師動眾的。」

黛玉忙笑道：「東西事小，難得妳多情如此！」

寶釵道：「這有什麼放在口裡的！只愁我人人跟前失於應候罷了。只怕妳煩了，我且去了。」

黛玉道：「晚上再來和我說句話兒。」寶釵答應著便去了，不在話下。

……這裡黛玉喝了兩口稀粥，仍歪在床上，不想日未落時天就變了，淅淅瀝瀝下起雨來。秋霖脈脈，陰晴不定，那天漸漸的

14.司馬牛之嘆——司馬牛是孔子的學生，他曾感嘆說：「人皆有兄弟，我獨亡。」

黃昏，且陰得沉黑，兼著那雨滴竹梢，更覺淒涼。知寶釵不能來，便在燈下隨便拿了一本書，卻是《樂府雜稿》[15]，有《秋閨怨》《別離怨》[16]等詞。黛玉不覺心有所感，亦不禁發於章句，遂成《代別離》[17]一首，擬《春江花月夜》之格[18]，乃名其詞曰《秋窗風雨夕》。其詞曰：

秋花慘淡秋草黃，耿耿[19]秋燈秋夜長。
已覺秋窗秋不盡，那堪風雨助淒涼！
助秋風雨來何速！驚破秋窗秋夢綠。[20]
抱得秋情不忍眠，自向秋屏移淚燭。
淚燭搖搖爇短檠[21]，牽愁照恨動離情。
誰家秋院無風入？何處秋窗無雨聲？
羅衾不奈秋風力，殘漏聲催秋雨急。
連宵脈脈復颼颼，燈前似伴離人泣。
寒煙小院轉蕭條，疏竹虛窗時滴瀝。

15. 樂府雜稿——疑為作者虛擬的書名。

16. 《秋閨怨》《別離怨》——「怨」本為樂府中抒發哀怨情懷的詩歌。《秋閨怨》《別離怨》是以「怨」字為題虛擬的篇名。

17. 《代別離》——代，擬作。這裡的《代別離》是擬上文所說的《別離怨》之類的作品。

18. 擬《春江花月夜》之格——《春江花月夜》，樂府吳聲歌曲名。這裡的《秋窗風雨夕》是擬唐代張若虛《春江花月夜》的格調。

不知風雨幾時休，已教淚洒窗紗濕。

……吟罷擱筆，方要安寢，丫鬟報說：「寶二爺來了。」一語未完，只見寶玉頭上帶著大箬笠[22]，身上披著蓑衣。黛玉不覺笑了，說：「那裡來的漁翁！」

寶玉忙問：「今兒好些？吃了藥沒有？今兒一日吃了多少飯？」一面說，一面摘了笠，脫了蓑衣，忙一手舉起燈來，一手遮住燈光，向黛玉臉上照了一照，覷著眼，細瞧了一瞧，笑道：「今兒氣色好了些。」

……黛玉看脫了蓑衣，裡面只穿半舊紅綾短襖，繫著綠汗巾子，膝下露出油綠綢撒花褲子，底下是掐金滿繡的綿紗襪子，靸著蝴蝶落花鞋。

黛玉問道：「上頭怕雨，底下這鞋襪子是不怕雨的？也倒乾

19. 耿耿——隱隱有光的樣子。喻心中有所思慮而不能寐。

20.「秋夢綠」句——意謂秋天來臨，草木將枯萎。初秋時人尚不覺，今風雨相催，驚醒秋綠之夢。

21. 爇（音若）短檠——謂燭將燃盡，燒及燈臺。

22. 箬（音若）笠——用竹篾、箬竹葉或筍殼編製的斗笠。

淨。」

寶玉笑道：「我這一套是全的。有一雙棠木屐[23]，才穿了來，脫在廊檐上了。」

黛玉又看那蓑衣斗笠不是尋常市賣的，十分細緻輕巧，因說道：「是什麼草編的？怪道穿上不像那刺猬似的。」

寶玉道：「這三樣都是北靜王送的。他閒了下雨時在家裡也是這樣。妳喜歡這個，我也弄一套來送妳。別的都罷了，惟有這斗笠有趣，竟是活的。上頭的這頂兒是活的，冬天下雪，帶上帽子，就把竹信子[24]抽了，去下頂子來，只剩了這圈子。下雪時，男女都戴得，我送你一頂，冬天下雪戴。」

黛玉笑道：「我不要他。戴上那個，成個畫兒上畫的和戲上扮的漁婆兒了。」及說了出來，方想起話未忖度，與方才說寶玉的話相連，後悔不及，羞得臉飛紅，便伏在桌上嗽個不住。

23. **棠木屐**——棠木製作的屐，下有高齒，雨天當套鞋穿。

24. **信子**——指裝在器物中心的芯子。如蠟燭的捻子、爆竹的引線等。

…寶玉卻不留心，因見案上有詩，遂拿起來看了一遍，又不禁叫好。黛玉聽了，忙起來奪在手內，向燈上燒了。

寶玉笑道：「我已背熟了，燒也無礙。」

黛玉道：「我也好了些，多謝你一天來幾次瞧我，下雨還來。這會子夜深了，我也要歇著，你且請回去，明兒再來。」

寶玉聽說，回手向懷中掏出一個核桃大小的一個金表來，瞧了一瞧，那針已指到戌末亥初之間，忙又揣了，說道：「原該歇了，又擾得妳勞了半日神。」說著，披蓑戴笠出去了，又翻身進來問道：「妳想什麼吃？告訴我，我明兒一早回老太太，豈不比老婆子們說的明白？」

黛玉笑道：「等我夜裡想著了，明兒早起告訴你。你聽，雨越發緊了，快去罷。可有人跟著沒有？」

有兩個婆子答應：「有人，外面拿著傘，點著燈籠呢。」

黛玉笑道：「這個天點燈籠？」

寶玉道：「不相干，是明瓦[25]的，不怕雨。」

黛玉聽說，回手向書架上把個玻璃繡球燈拿了下來，命點一支小蠟來，遞與寶玉，道：「這個又比那個亮，正是雨裡點的。」

寶玉道：「我也有這麼一個，怕他們失腳滑倒打破了，所以沒點來。」

……黛玉道：「跌了燈值錢，跌了人值錢？你又穿不慣木屐子。那燈籠命她們前頭照著。這個又輕巧又亮，原是雨裡自己拿著的，你自己手裡拿著這個，豈不好？明兒再送來。就失了手也有限的，怎麼忽然又變出這『剖腹藏珠』[26]的脾氣來！」

寶玉聽說，連忙接了過來，前頭兩個婆子打著傘，提著明瓦燈，後頭還有兩個小丫鬟打著傘。寶玉便將這個燈遞與一個小丫頭捧著，寶玉扶著她的肩，一逕去了。

25. 明瓦——古時用蠣殼磨成半透明的薄片，嵌於窗間或燈架上以透光照明。

26. 剖腹藏珠——喻為物傷身，輕重倒置。典出《資治通鑑・唐太宗貞觀元年》。

……就有蘅蕪苑的一個婆子，也打著傘，提著燈，送了一大包上等燕窩來，還有一包子潔粉梅片雪花洋糖。說：「這比買的強。姑娘說了：『姑娘先吃著，完了再送來。』」

黛玉回說：「回去說『費心。』」命她外頭坐了吃茶。

婆子笑道：「不吃茶了，我還有事呢。」

黛玉笑道：「我也知道妳們忙。如今天又涼，夜又長，越發該會個夜局，痛賭兩場了。」

婆子笑道：「不瞞姑娘說，今年我大沾光兒了。橫豎每夜各處有幾個上夜的人，誤了更，也不好，不如會個夜局，又坐了更，又解了悶。今兒又是我的頭家，如今園門關了，就該上場了。」

黛玉聽說，笑道：「難為妳。誤了妳發財，冒雨送來。」命人給她幾百錢，打些酒吃，避避雨氣。

那婆子笑道：「又破費姑娘賞酒吃。」說著，磕了一個頭，外面接了錢，打傘去了。

……紫鵑收起燕窩，然後移燈下簾，服侍黛玉睡下。黛玉自在枕上感念寶釵，一時又羨她有母兄；一面又想寶玉雖素日和睦，終有嫌疑。又聽見窗外竹梢蕉葉之上，雨聲淅瀝，清寒透幕，不覺又滴下淚來。

直到四更將闌，方漸漸的睡了。暫且無話。要知端的，下回分解。

國家圖書館出版品預行編目(CIP)資料

紅樓夢/孫家琦編輯. — 第一版.
— 新北市 : 人人, 2015.04
冊 ; 公分. —(人人文庫)
ISBN 978-986-5903-87-9(卷3:平裝).
857.49 104005348

【人人文庫】

紅樓夢 卷3

第三一回至第四五回

題字・篆刻/羅時僖
書系編輯/孫家琦
書籍裝幀/楊美智
發行人/周元白
出版者/人人出版股份有限公司
地址/23145新北市新店區寶橋路235巷6弄6號7樓
電話/(02)2918-3366(代表號)
傳真/(02)2914-0000
網址/www.jjp.com.tw
郵政劃撥帳號/16402311人人出版股份有限公司
製版印刷/長城製版印刷股份有限公司
電話/(02)2918-3366(代表號)
經銷商/聯合發行股份有限公司
電話/(02)2917-8022
第一版第一刷/2015年4月
定價/新台幣200元

※本書內頁紙張採敦榮紙業進口日本王子58g文庫紙